心一堂　金庸學研究叢書　潘國森系列　金庸詩詞學
金庸詩詞學之三：天龍八部詞
附天龍笑傲
詩詞巡禮
潘國森著
Śūnyatā

書名：金庸詩詞學之三：天龍八部詞　附天龍笑傲詩詞巡禮
系列：心一堂　金庸學研究叢書　潘國森系列　金庸詩詞學
作者：潘國森
責任編輯：心一堂金庸學研究叢書編輯室
封面設計：陳劍聰

出版：心一堂有限公司
通訊地址：香港九龍旺角彌敦道610號荷李活商業中心十八樓05-06室
深港讀者服務中心：中國深圳市羅湖區立新路六號羅湖商業大厦負一層008室
電話號碼：(852)9027-7110
網址：publish.sunyata.cc
電郵：sunyatabook@gmail.com
網店：http://book.sunyata.cc
淘宝店地址：https://shop210782774.taobao.com
微店地址：https://weidian.com/s/1212826297
臉書：https://www.facebook.com/sunyatabook
讀者論壇：http://bbs.sunyata.cc

版次：二零一九年十一月初版

平裝

定價：港幣　一百一十八元正
　　　新台幣　四百六十八元正

國際書號　978-988-8582-95-2

版權所有　翻印必究

香港發行：香港聯合書刊物流有限公司
香港新界大埔汀麗路36號中華商務印刷大廈3樓
電話號碼：(852)2150-2100　傳真號碼：(852)2407-3062
電郵：info@suplogistics.com.hk

台灣發行：秀威資訊科技股份有限公司
地址：台灣台北市內湖區瑞光路七十六巷六十五號一樓
電話號碼：+886-2-2796-3638　傳真號碼：+886-2-2796-1377
網絡書店：www.bodbooks.com.tw
台灣秀威書店讀者服務中心：
地址：台灣台北市中山區松江路二〇九號1樓
電話號碼：+886-2-2518-0207
傳真號碼：+886-2-2518-0778
網址：www.govbooks.com.tw

中國大陸發行 零售：深圳心一堂文化傳播有限公司
地址：深圳市羅湖區立新路六號羅湖商業大厦負一層008室
電話號碼：(86)0755-82224934

心一堂微店二維碼

心一堂淘寶店二維碼

目錄

總序

公元二〇〇〇年，李佳穎小姐問筆者是否可以在遠流公司架設的「金庸茶館」網站開闢一個欄目，專門談一談金庸小說入面出現過的詩詞。當時不假思索就一口應承了！這些年來，倒沒有問過佳穎姊，為甚麼會問我、又為甚麼會認為我做得來。現代經濟學有所謂「需求刺激供應」之說，貴客要到市場上採購新產品，我們「下游個體戶供應商」得知市場新資訊，當然要抓緊商機，不懂的也得立刻懂，只好迎難而上，邊做邊學了。欄名取名「詩詞金庸」，此後潘國森就被派到給鄭祥琳小姐節制，因為兩位美女的督促鞭策，「金庸學研究」這門大學科入面，就多了「金庸詩詞學」這個分支。

無巧不成話，同年著名中國文學教育家、精研中國詩詞的學者吳宏一教授，還吩咐我也研究一下金庸小說入面的詩詞。其實吳老師本人倒是真正研究中國傳統格律詩詞的大家，我也從來沒有問過他老人家，為甚麼他自己不做？難道是把容易的學習機會都盡量留給後輩小子？

那時，潘某人總不好對美女說自己沒有怎麼研究過格律詩詞（此事當然瞞不過吳老師的法眼）、更不要說過去還未有對金庸小說入面的詩詞有過太大的興趣。近日整理在「詩詞金庸」發表過的文字，許多都印象模糊，當是為了那時無非「現炒現賣」，過後便忘。這個欄大概在二〇〇五年結業，前後四年多時間，共歷六個年頭，可以說對於《金庸作品集》的詩詞，都介紹了八八九九。因為有定時交文的限制，那段時間倒算勤力用功。

「詩詞金庸」這個欄面最初能夠維持，應該要感謝一位署名「大老爺們兒」的網友，此君慷慨地公開其研究成果，詳列修訂二版《金庸作品集》引用過詩詞的出處。這雖然不能說是「覆蓋全境」的普查紀錄，總算立時就解決了我這個「詩詞金庸版主」的燃眉之急。後來，隨著互聯網的應用日益普及，中國古代典籍都陸陸續續可以在不同的網站上、一字一句的檢索出來。

不過尋找《鹿鼎記》回目聯句的出處，倒是自己用人手與肉眼，拿了查慎行的《敬業堂詩集》一頁一頁的看。

過去曾有不少師長朋友，當面謬讚潘國森怎麼讀書如此之多？慚愧！

最初在拙文中引經據典，其實只是靠民國時代出版的《辭源》、《辭海》。先在辭書中找到相關詞條的解釋，見到有引用了那一部典籍，便到香港大學馮平山圖書館按圖索驥。若能找出原文，便據上文下理、前前後後多抄幾句。那有功夫全書翻閱一次？甚至相關的文章也只是看看剛好夠用的段落便是。所謂讀書甚麼的、研究甚麼的，都只是抄一抄出處，然後好像小時候在公開考試中國語文科答題那樣，東拉西扯、說三道四一番就可以交差了。求學時期，一位國文老師傳授考試答題的竅門，他說只記熟每文章的重點，入到試場，就如拿了市面上容易購得濃縮果汁，兑水稀釋，鋪演成文就可以。這個「果汁加水大法」實在非常管用。由過去寫的雜文、刊行的拙著，到處理「詩詞金庸」專欄，到整理「金庸詩詞學」的「功課」結集，從來都無意炫誇博學，讀者以為潘國森讀得書多，只不過是美麗的誤會而已。

因為頻年以來喜歡「評論是非」，少不免惹人討厭。有人便罵「潘國森只會抄書而又曲解」，雖然捱罵，心中倒是有點竊喜！人家罵我「只會抄書」，正好證明了我有看書而且抄得對頭！絕不是憑空胡扯、向壁虛構。罵我曲解而不能（或不屑）指正我，罵我又有何用？意見不同，無非是觀點與角度的差異。就算潘國森確是「文抄公」了，那又如何？書人人都可以抄，我抄書且提及出處，總勝過江湖上有些輕薄兒經常張冠李戴，卻有膽老起臉皮推說只憑記憶。真是奇哉怪也！你閣下可以憑記憶而其實失憶出錯，還覺得理所當然，可有沒有記不起要支稿酬版稅？記憶差的人，反而去罵記憶好的人（我抄書抄對了就是記憶好！），真不知人間何世！

潘某人還有一個好習慣，可以公開一下自己「抄書」的心得。那就是每次搜集資料，都不一定當下就用盡。不合用的也不是浪費，可以多留三兩度板斧，以備日後不時之需。因為常有並未動員的「後備作戰力量」，所以真正上陣應戰時，就常會給觀眾感到「遊刃有餘」了。

「金庸詩詞學」是為了喜愛中國傳統格律詩詞的金迷而設，此外還有一個任務，就是證明金庸小說不是甚麼「通俗文學」。在此恭請各位親愛讀者，日後在江湖上遇到些甚麼人大聲疾呼說金庸小說是「通俗文學」，可以請這些人先按觸一下「金庸詩詞學」。還可以「挑戰」之，曰：「如果能夠看得懂七成以上，再去思考『金庸小說是不是通俗文學』這個偽命題吧！」

潘國森

二〇一九年己亥歲

於香港心一堂

別序

所謂《天龍八部詞》，是指金庸於上世紀七十年代所撰的五首詞，作為新刊《金庸作品集》五大冊《天龍八部》的回目。這在中國傳統章回小說史上，絕對是開創先河之舉。那是在金庸在《倚天屠龍記》用「一韻到底、句句連韻」的四十句柏梁臺體詩之後，再展新猷。

清末民初國學大師王國維（一八七七至一九二七）《人間詞話》有謂：

四言敝而有楚辭，楚辭敝而有五言，五言敝而有七言，古詩敝而有律絕，律絕敝而有詞。蓋文體通行既久，染指遂多，自成習套。豪傑之士，亦難於其中自出新意，故遁而作他體，以自解脫。一切文體所以始盛終衰者，皆由於此。故謂文學後不如前，餘未敢信。但就一體論，則此說固無以易也。

王國維與金庸同為海寧人，金庸對前輩鄉賢的大作定必讀得很熟，或許就是這個緣故，他就一再「遁而作他體」，於是有了五首《天龍八部詞》。

王國維大師又謂：

散文易學而難工，韻文難學而易工。近體詩易學而難工，古體詩難學而易工。小令易學而難工，長調難學而易工。

《天龍八部詞》既有小令、亦有長調，水平不俗。此所以潘國森敬稱金庸為「小查詩人」，以別於他們海寧查家在清初的大詩人「老查」查慎行了。

金庸以韻文作為回目，先有《書劍恩仇錄》和《碧血劍》用對聯，《倚天屠龍記》用七言古詩，《天龍八部》則用詞，所選的詞牌都很切題，讀者不可輕易錯過！

金庸的新三版《天龍八部》改了結局，這是我們「擁譽協會」仝寅不能接受、也不能原諒的，為此本書所講《天龍八部》，皆以修訂二版為準。讀者如發覺自己所知的《天龍八部》，與本書所講的《天龍八部》有差異，請自行參考修訂二版。

「小查詩人」寫段譽追求王語嫣，歷盡千辛萬苦而贏得美人歸，可能出於作者為自身在現實人生「求不得」而弄出來的「代償作用」。到了增訂新三版時，「小查詩人」早已經過了古稀之年，回首前塵，諒已「侮其少作」。或許為了這個原因，竟然把心一橫，對王姑娘痛下辣手，謀殺其人格！

在《枯井底　污泥處》一回，王姑娘保證此番選了段郎就不會回到負心表哥的身邊，新三版卻讓王姑娘食言，這讓改寫太也恨心！也不符合原先的人物性格設定。新三版給王姑娘加了「怕老」的「莫須有」罪名，神經病嗎？王姑娘才是個未滿二十的女孩，遠遠未達「怕老」的年歲，而在修訂二版也找不到相關綫索。而且即使王姑娘真的怕老了，棄段郎而重投表哥的有幫助嗎？慕容復只有「斗轉星移」的功夫，卻不會「長生不老功」，吃表哥這回頭草當然沒有任何用處！如果說王姑娘是個功利的女子，留在段獃子的身邊豈不更可享榮華富貴？何必去爭一個瘋子兼殺母仇人慕容復？除非段譽瞞了「復官弒舅媽」的大罪！

我的結論是「小查詩人」在截至中年為止，仍然對江湖傳言他迷戀的那位「公主」（不是曼陀公主王語嫣）念念不忙。後來有一日終於「想通了」，想起那「公主」的「無情」拒愛，於是把心一橫，在世紀末開始再修改全套小說時，決定要改了《天龍八部》的結局。不過，我想即使「小查詩人」要拆散小段皇爺和神仙姊姊，也可以有更高明和厚道的安排，不必將王姑娘的性格來個一百八十度大扭轉。

我對「小查詩人」這樣刪改的評價是「不夠風度」四個字。

人家不接受你的愛，你就不可以祝福人家此後生活愉快、家庭幸福嗎？雖然「小查詩人」是我的朋友，我還是不得不指出他的不足，這是「益者三友」中的「友直」。總而言之，我不會接受《天龍八部》的新結局，這事上面也不能原諒「小查詩人」。這實在是太過份了！

好在「小查詩人」還算「從善如流」，從原本聲明「新三版」刊行後「修訂二版」作廢，改為二、三版並行。這令筆者起了荷李活經典電影《窈窕淑女》（My Fair Lady），故事寫一位英國語言學家，訓練賣花女改變其英語口音，變成一為淑女，最後語言學家與這位新改造的淑女共諧連理。電影改編自原著是蕭伯納（Bernard Shaw）的《賣花女》（Pygmalion），原著沒有投電影觀眾所好，女主角與另一個年青男子走在一起。對應「小查詩人」竄改結局，我們無助的一眾小讀者只能用自己的辦法，在心中為《天龍八部》選擇自己喜歡的結局。

筆者在世紀末的九十年代，計劃陸續刊行金庸學研究的《解析系列》，原本打算寫七本，但是在《解析金庸小說》、《解析射鵰英雄傳》和《解析笑傲江湖》之後，因為種種原因，其餘四大部都沒有按原定計劃成書，算是對讀者悔約寒盟了！

若聊作自辯，則《金庸詩詞學之二：倚天屠龍詩》算是《解析倚天屠龍記》的替代品，本作講《天龍八部詞》，算是《解析天龍八部》的替代品。至於先前的《鹿鼎回目》則算是《解析鹿鼎記》的替代品。只差《解析神鵰俠侶》未完成，或要換一個面目應世。

是為序。

潘國森於香港心一堂

己亥仲秋穀旦

補充釋名

《天龍八部》卷首，有一篇〈釋名〉，不屬正文內容，主要簡介「天龍八部」和故事的時空背景。在此稍作補充供讀者參考，

佛家有六道之說，六道是生命輪迴的六種分類。天、人、阿修羅為三善道；畜生、餓鬼、地獄為三惡道。簡而言之，當生命終結後，除非了脫生死，否利就要參加輪迴。輪迴的走向與業報有關，造善業得善報，造惡業得惡報。善業多而惡業少者多往生善道，反之，惡業多而善業少者多往生惡道。

天龍八部入面，天和阿修羅都是三善道之一。其餘六部，則分屬三惡道。

天眾，就是天道。筆者每次重讀這〈釋名〉，總覺得少林玄慈方丈被蕭遠山揭發曾犯淫戒、與葉二娘有染而生下虛竹時，活脫就是「天人五衰」的示例！

龍眾，屬畜生道。

夜叉，又稱藥叉，屬餓鬼道。男形貌多變，女則貌美。舊版《天龍八部》給了木婉清「香藥叉」外號，而甘寶寶則是「俏藥叉」。可能外號重覆了，修訂二版就革去了婉妹的外號。現時主

流概念，普遍認為「母夜叉」是很醜陋的女子，與夜叉原來的定義不大相同。有論者認為中國傳統文化入面的龍，很可能就是鱷魚。不過筆者常覺得南海鱷神更似是「夜叉八大將」，雖不是「維護眾生界」，卻是維護「段譽師父」，甚至不惜不聽段延慶老大的命令而喪生。

乾闥婆，屬餓鬼道或阿修羅道。這部眾生以香氣為食，身體又能發出香氣，還是樂神。那就分別似《天龍八部》書中的阿朱、木婉清和阿碧了。

阿修羅，是六道之一。木婉清的生母秦紅棉外號為「修羅刀」。金庸介紹此道男的極醜陋而女的極美麗。阿修羅王常與帝釋戰鬥，有點似段延慶要與段正明爭帝位。

迦樓羅的形像是半人半鳥，屬畜生道。《天龍八部》故事中，以四大惡人的雲中鶴最似鳥類。說到此鳥一生以龍為食，命終時諸龍吐毒，又感覺到在說書中的段正淳。一生好拈花惹草、壞人名節，死前才知道自家的夫人也跑去「偷漢子」。如果以數量言，還可以說是「重業輕報」呢！

緊那羅則是半人半馬，也屬畜生道。能歌善舞，也是帝釋的樂神。《天龍八部》書中的音樂演奏家，有康廣陵、阿碧師徒。至於能歌，則首推李傀儡。當然他們的造詣可能遠不及無崖子、蘇星河兩代逍遙派前輩。

摩睺羅迦，大蟒神，當然也屬畜生道。

第一章　《天龍八部詞》之一：《少年遊・本意》

青衫磊落險峰行。
玉壁月華明。
馬疾香幽。
崖高人遠。
微步縠紋生。

誰家子弟誰家院。
無計悔多情。
虎嘯龍吟。
換巢鸞鳳。
劍氣碧煙橫。

金庸《少年遊・本意》

五首《天龍八部詞》是「小查詩人」公開傳世詩詞中的最佳傑作！

修訂二版《天龍八部》據舊版重新增刪整理，分為五十回，仍按先前多部長篇小說的編次，每十回編為一冊，合共五冊。

「金庸六大部」之中，《射鵰英雄傳》、《神鵰俠侶》、《倚天屠龍記》和《笑傲江湖》都是四冊，《天龍八部》和《鹿鼎記》則是五冊。

每冊十回《天龍八部》的回目則配一闋詞，第一首《少年遊．本意》。

《少年遊》是詞牌，看官上中學時代若有讀過點詞，當知「詞」與「詞牌」為何物。若未知，則下文還會為小朋友略作解說。

所謂「本意」，即是說這首詞的內容與詞牌吻合。

「詞」在這裡是指中國傳統文學入面的一種文體，原本是能配合音樂唱詠的詩歌，但是到了今天，詞牌用字的格式仍在，樂譜就失傳了。北宋大詞人柳永（九八七至一〇五三）的作品風行一時、流傳甚廣，時人稱「凡有井水飲處，即能歌柳詞」，足見最遲到了北宋，詞還是能唱的。

填詞人按譜填詞，這個名叫《少年遊》的詞牌，原先第一次出現的時候，就是寫「少年遊」的故事。「小查詩人」特意選這個詞牌來為「段十回」作回目，所以標明「本意」。金庸小說讀者從中可見作者的意趣，不宜輕易錯過。

《天龍八部》有三主角，「小段皇爺」段譽又是主角中的主角，故事由他離家出走揭開序幕，最後以他與慕容復一成一敗的對比落幕。

頭十回全用作敘述他在老家雲南大理國的「少年遊」。這「小段皇爺」是潘國森發明對《天龍八部》主角段譽的敬稱，以別於他的孫子「南帝段皇爺一燈大師」段智興。兩人雖然是祖孫關係，爺爺段和譽在《天龍八部》中只演了一段少年人的戲份，孫兒段智興則在《射鵰英雄傳》出場時就是個老僧。兩人的形像定格如此。

第一節　段十回就是「少年遊」

所謂「段十回」，是借用中國傳統章回小說的習慣。《水滸傳》就有所謂「魯林十回」、「武十回」和「宋十回」等的提法，意指小說中有較多篇幅講幾位梁山英雄擔任主角的段落。我們讀者都知道「豹子頭」林沖、「花和尚」魯智深、「行者」武松和「呼保義」宋江的戲份特別多。

第一冊的內容，全部以段譽的神奇歷程為主，他仍是個少年（古人以三十歲前仍屬少年），他與父母嘔氣而離家出遊，自然是「少年遊」了。

《論語・里仁》有謂：「父母在，不遠遊，遠必有方。」這回「小段皇爺」實是不聽聖人言了。

第一回 「青衫磊落險峰行」

「青衫」有多解，可以是位卑的小官兒，也可以是平民百姓。

「小段皇爺」出場時是個離家出走的「不良少年」，這裡指他以一介布衣的假身份，跟隨做生意的江湖中人馬五德一起去無量劍比武大會趁熱鬧。

青作為顏色，有三種解：一是天青色，如成語「雨過天青」，現代叫「蔚藍色」。我們中國人在日常生活中經常有機會遇到的青花瓷，實是藍色，而這個藍色還比天空的蔚南色稍深。近年韓國電視劇在大中華圈大行其道，戲中常見中級官員穿的藍色的官服，就是所謂「青色」。據《明史・輿服志》所載，明代官服主要是紅、青、綠三種顏色，一看官袍的顏色就知品級高低。

朝鮮於明代為中國藩屬，他們的君主只可以用紅色，與一品大官相同。所謂禮失求諸野，韓劇在官服這個環節上面，倒還緊遵史實，相比之下，中國人拍古裝劇，在這方面就嫌馬虎了些。

青，又是黑色。常用詞青眼（眼中的「黑珠子」）、青絲（頭髮），其實都是黑色。

青，還是草綠色、葉綠色。如成語「青山綠水」，植被多的山，當然是草綠色、葉綠色，絕不會跟藍與黑混淆。

「磊落」是光明正大。「段獃子」光明得過了頭，坦率而不通世務，見了人家比武跌倒便笑，闖了禍而挨打，還要口出狂言，要不是上天（其實是金庸）安排一個「樑上美少女」出手打救，小白臉就要給打成腫腫的大青臉了。但是「油頭粉面」的小白臉還真是有點本事，一句甚麼「瓜子一齊吃，刀劍一塊挨」就征服了鍾靈的少女心。毛手毛腳的輕薄了鍾姑娘，雖然捱了打，卻得以靠在鍾姑娘的懷中，還枕在人家的腰間，又可以手指彈面頰，夠本夠利。結識了同樣是湊熱鬧看戲的鍾靈，展開一幕又一幕的奇遇。

至於「險峰行」呢，原本不甚險，只是段獃子自找麻煩而已。以姓段的身份，去萬劫谷求援，那也算是險地。無量山原本不是險地，只因他跑去跟無量劍、神農幫那些人講王法、說道理，磊落是磊落矣，難免無端生險。

金庸武俠小說實有成年人童話、青年男子童話的成份，一個善良正直的男孩，得到許多漂亮姊姊妹妹賞識和保護，很似近世對大中華圈小孩影響頗深的日本動畫、漫畫。一個學習動機低、讀書成績差而經常闖禍的小男生，身邊有一個「守護神」好友，還有漂亮的第一女主角不嫌小男生蠢笨，實是一代又一代小學男生的夢想。

武俠小說的寫法不一樣，男主角不可以老是個弱者，即使開場時武功不高，日後也要成為高手。至於女朋友嘛，就不必跟日本動漫的小男生那樣寒蠢，多多益善了。金庸小說中的「男一」多是情場上的「搶手貨」，《天龍八部》的「小段皇爺」又豈能例外？

到了《鹿鼎記》，韋小寶還得要經常帶備一個武功高強，有能力保護自己的小丫頭雙兒呢！讀金庸小說的男生，將自己代入去主角的身上，無疑可以帶來很高很大的滿足感。

第二回　「玉壁月華明」

這句回目其實是寫無崖子與李秋水練劍之處。當然，只有我們讀者才知道是為了月光反射，將湖畔練劍人的影子投射在一塊大石上，讓無量劍的前代掌門還以為是神仙在練劍。無量劍的左子穆、辛雙清都無緣知道這個大秘密。

段獃子為了逃避無量劍弟子窮追，誤打誤撞揭開了玉壁之秘，還邂逅了「玉像神仙姊姊」，並拜了玉像神仙姊姊為師，得以接觸「北冥神功」和「凌波微波」兩大「逍遙派」絕學。

「月華」指月中的光華，尤指月亮周邊的彩色光環。常用語有所謂「日精月華」，我們在小說戲曲入面，還經常會遇見某些人物情節，涉及有修道修法修術之人，吸收「日月精華」的場面。

第三回 「馬疾香幽」

「馬疾」是詠護主殞身的黑馬「黑玫瑰」。

「香幽」則指香噴噴的婉妹木姑娘木婉清，這包括了她的體香和精製的香料。這一份幽香令小段皇爺心魂皆醉，後來在西北道上，小段皇爺就憑婉妹的香氣，在老遠就認出女扮男裝的婉妹了！還說了許多沒頭沒腦的話呢！說起來，以靈敏的嗅覺辨認女子，小段皇爺只能算第二名。金庸武俠世界入面，古往今來要數《笑傲江湖》的採花大盜「萬里獨行」田伯光為第一。

馬疾是「馬蹄疾」的省文，不是有病，乃是快的意思。

唐代詩人孟郊的《登科後》有云：

　　昔日齷齪不足誇，今朝放蕩思無涯。

　　春風得意馬蹄疾，一日看盡長安花。

據說成語「走馬看花」即源出於此由來。

古代漢語多用單字詞而現代漢語則多用雙字詞。「疾」與「病」有細微的差別，兩字合起來涵蓋全體，分用就各有統屬。急病稱「疾」，慢性的才說「病」，當然現在一般用法，「病」就是「疾病」的統稱，不分緩急；「疾」就變得不常用。這裡的「馬疾」是逃命，木婉清的坐騎「黑玫瑰」後來結果可不甚妙。

此時，那不會武功的段獃子要學人強出頭，木姊姊便與鍾靈小丫頭爭風呷醋了。木姑娘對段獃子出手可不輕，但是給美人兒拳打腳踢也不失為風流韻事。反過來男生打女生則是煮鶴焚琴了。

第四回　「崖高人遠」

如同上回，這句四字說了兩事。

「崖高」寫江湖上被人視為「殺人不貶眼的女魔頭」木婉清，在高崖上苦候負心的段郎。因為她身有重傷，無力離去。

「人遠」則是小白臉差點給關押成老白臉的險事。婉妹柔情百轉，原來郎君不是負心，段郎守信回歸，正好「大功告成，親個嘴兒」（《鹿鼎記》韋公爺跟雙夫人的密約）。

當中穿插了「南海鱷神」岳老三這個諧角的插科打諢，岳老三本來是個殺人不眨眼的大魔頭，一動手就扭斷敵人的脖子，武功高強、手法殘忍。不過到得後來，他的武藝只能算是江湖上三四流的水平。金庸將這樣的一個大惡人寫成歡笑樂事的泉源，真教讀者嘆為觀止。

第五回　「微步縠紋生」

「微步」是「凌波微步」的省文，這句詠段小白臉學「凌波微步」的有趣經歷。當中用了倒敘手法，近似電影的剪接安排，我們讀者要常記住，金庸拍過電影、當過電影編劇和導演。

段獃子原本不想學武，否則就不用離家出走。起初他只一味對玉像神仙姊姊敷衍了事，沒有正心誠意地學『北冥神功』。但是為了香噴噴的木姑娘，只好勉為其難學「凌波微步」來逃命，所以段小白臉其實不算得特別負心。當然，段小白臉也不想被長期圈禁到變為「老白臉」，學武功實是一為弟子、二為神功！

段譽有「博愛」性格，對初相識的「單身美少女」顯得情深義重、不離不棄。故能以文弱書生之資，以無縛雞之力的手，跑去做其護花人，於是輕而易舉的贏取木婉清和鍾靈二女的芳心。

這一回的奇遇包括練了「北冥神功」第一圖的手太陰肺經，給閃電貂咬了一口，又被動地吃了莽牯朱蛤，變成一身都是毒，與《俠客行》的主角石破天相同。

「縠」是舊日用詞，今稱縐紗。我們都知道古代漢語較多用單字詞，現代漢語則多用多字詞（又以雙字詞為多）。縠或縐紗都是指質地兼有輕薄、纖細和透亮的特點，而且表面起皺的平紋絲織物。縠紋即是縐紗似的皺紋，專常用以比喻水面常起的波紋。

這逍遙派的絕藝「凌波微步」，金庸指明是出曹植的《洛神賦》，當然少不免信手抄了些段落。不過《洛神賦》的原文是「陵波微步，羅襪生塵」。「凌波」與「陵波」兩詞可以相通，既可以用作描述水波的起伏，也可以來形女子的腳步輕盈如水波。

第六回 「誰家子弟誰家院」

回目所述，是作者借婉妹木婉清的視角，一步步揭露這個似傻非傻的「一段木頭、名譽極壞」、又不會武功的書獃子，原來位列大理國皇位繼承人名單的第二名。而按書中的設定，大理段家是既是割據一隅的帝皇家，同時也是武林中的一大門派。

書中段譽自我介紹，說是姓段名譽、字和譽。大理國史上的真人本尊實是「段和譽」，又名「段正嚴」。

為甚麼金庸減字為「段譽」？

據鄺萬禾《金庸小說中的佛理》分析，「段譽」（dun y）實為「斷慾」（dun y）！這在我們廣東人不易察覺，因為廣府話仍然保留入聲字，「譽」和「慾」發音不同，北方方言「入派三聲」，「譽」、「慾」兩字同音。

看到大理國鎮南王爺王府的氣勢，原本行走江湖時向來天不怕地不怕的「女魔頭」便怕起來了！木姑娘她怕大富大貴的段郎會寒盟變心。手頭上沒舊版《天龍八部》，不知這一回由婉妹敘述段老狗和觀音娘娘的模樣是不是原本已有。這可能是高明的伏筆，暗示國字臉的段老狗只是便宜爸爸，與段小狗的樣貌不似。果如是，則查詩人可說是深謀遠慮了。

誰家子弟？大理段家。

誰家院？鎮南王府。

生在帝王家是好事、還是壞事？

南北朝時南朝劉宋最後一任君主順帝劉準，就留下「願後身世世勿復生天王家」的名句。

第七回　「無計悔多情」

這一回故事發展急轉直下！

原來段郎雖不負心，老天爺卻會開玩笑！一直無父無母的木婉清忽然知道自己的身世，卻原來師父就是媽媽，「新公公」大理國鎮南王爺卻變是親爸爸，最慘愛郎竟變了兄長。師父「幽谷客」是假名，真正身份是「修羅刀」秦紅綿；段郎的媽媽「玉虛散人」鎮南王妃則是「師父媽媽」叮囑要致諸死地的擺夷女子刀白鳳！

唉！

爸爸不能由人挑，拗不過老天爺。這事又怪不得「師父媽媽」，所以便要「無計」，還需「悔多情」呢！

天下第一惡人「惡貫滿盈」段延慶卻有計，只是此計萬萬行不通。他要讓段譽、木婉清兩兄妹亂倫，做了實際「夫妻」再說！

我們讀者當然料想不到眼前的大惡人，才是日後木婉清的真公公！

在小查詩人最初的構想之中，是否早已設定我們的「小段皇爺」段譽有非常複雜的身世？

第八回 「虎嘯龍吟」

「虎嘯龍吟」是常用熟語，多作「龍吟虎嘯」。這裡小查詩人換了詞序，乃是為了遷就平仄格律。

「龍吟虎嘯」是「平平仄仄」。

「虎嘯龍吟」是「仄仄平平」。

這句是說大理國皇家，依江湖規矩行事，勞師動眾去營救小王子。眾高手較量武功，龍爭虎鬥，自然而多多聲氣。龍低吟而聲小，虎長嘯而聲高。

作者把虛構的人物情節，寫得煞有介事：

段氏以中原武林世家在大理得國，數百年來不失祖先遺風。段正明、正淳兄弟雖然富無極，仍常微服出遊，遇到武林中人前來探訪或是尋仇，也總是按照武林規矩待，從不擺皇室架子。是以保定帝這日御駕親征，眾從人郁是司空見慣，毫不驚擾。自保定帝以下，人人均已換上了常服，在不識者眼，只道是縉紳大戶帶了從人出遊而已。

《天龍八部》第八回〈虎嘯龍吟〉

這回帶出一個重要信息，即是保定帝段正明能得皇位，極可能做了些甚麼不光彩的事，故此不能與天下第一惡人「惡貫滿盈」段延慶（舊日的延慶太子）動手，要請黃眉僧出山。

黃眉僧先說：「這位延慶太子既是你堂兄，你自己固不便和他動手，就是派遣下屬前去強行救人，也是不妥。」再補充：「天龍寺中的高僧大德，武功固有高於賢弟的，但他們皆系出段氏，不便子。與本族內爭，偏袒賢弟。因此也不能向天龍寺求助。」

這些言詞，實是耐人尋味，給予讀者（至少有潘國森之流）很大聯想的空間

第九回　「換巢鸞鳳」

這一回有大理國三公華赫艮華司徒的挖掘神技，他挖了地道，拿了鍾靈去換木婉清。他先是計算錯誤，挖到鍾靈的房間，然後再正確地挖到段延慶囚禁段譽和木婉清的石室。「換」就是拿了鍾靈去換走木婉清。

然後便「鸞鳳和鳴」了，衣衫不整的段大哥，抱了也是衣衫不整的鍾谷主千金，段鍾兩家只好結親了擺平一樁亂事。他日段譽大哥是要娶鍾靈妹子的，未來公公鎮南王說了，還有這麼一大票來自江湖的證人見證。小段皇爺日後的三宮六苑，鍾貴妃倒是坐穩了釣魚船！

這個「巢」字是虛，實為一簡陋石室，「鸞鳳」也要等日後了。以「巢」稱石室，就是格律詩詞煉字的手法。然後，鎮南皇妃發現鍾靈也是段正淳在外面的私生女，讀者至此以為木婉清和鍾靈都無法成為段譽的小老婆了！

不過，好戲還在後頭！

第十回 「劍氣碧煙橫」

這回寫小段皇爺初學「天下第一劍」，還打敗了鳩摩智。

「劍氣」是段家祖傳絕學「六脈神劍」將內功真氣當為無形劍來用；「碧煙橫」則是吐蕃國師鳩摩智，以「火燄刀」絕技攻敵，卻特意點燃六枝藏香，指明內力的去向，以示無意傷人。金庸筆下的武功描寫，至此已將高手的內力誇張都有刀劍利器的威力。

這一回寫大理國主保定帝段正明因為姪兒段譽吸了許多高手的內力而無法處理，於是帶這個皇位繼承順序的第二人，去天龍寺向段氏前輩求助。又帶出鳩摩智以少林「七十二絕技」中三門指法與天龍寺秘藏《六脈神劍譜》交換。結果鳩摩智只碰上了六位高僧合施「六脈神劍陣」。反而一旁不起眼的少年人卻能以一人之力，運使全套六脈神劍。

當中有一段不起眼的小插曲，鳩摩智被問及破少林「無相劫指」的辦法，他說要從本相大師的法名中尋，本相由是想到「以本相破無相」，我們不得不承認金庸確有慧根！

小查詩人這首《少年遊》做得四平八穩，詞意有「段十回」做後盾和註腳，把中國章回小說的回目，推到文學藝術的頂峰！

第二節　《少年遊》詞牌

小查詩人挑的這個《少年遊》詞牌，出自晏殊的《珠玉詞》。

北宋大詞人晏殊（九九一至一〇五五）與兒子晏幾道（一〇三七至一一一〇）同是出名的詞人。後人稱老爸為的「大晏」，兒子為「小晏」。

在詞學界，大晏又與歐陽修（一〇〇七至一〇七二）齊名，世稱「晏歐」。歐陽修是唐宋古文八大家之一，我們二十世紀長大的小孩，或多或少讀過他的古文；晏殊的詩文多佚散，傳世只有《珠玉詞》一卷。晏殊的《少年遊》是：

芙蓉花發去年枝。雙燕欲歸飛。蘭堂風軟，金爐香暖，新曲動簾帷。
家人並上千春壽，深意滿瓊卮。綠鬢朱顏，道家裝束，長似少年時。

這個詞牌以《少年遊》命名，就是因為最後一句「長似少年時」。

詞，原本可以歌詠。每一個詞牌，都近似今天的流行音樂，任由作詞人按音樂旋律重新配詞，說自己的故事。以二十世紀廣東音樂為例，《平湖秋月》就常被譜新詞。

詞的格式受詞牌的格律規範，每首詞多少句，每句多少字，那些句腳押韻都有定，必須依足。

如果按「樂譜」填詞而可以任意加字（一般可以稱為「襯字」），那就是近於「散曲」了。宋代最流行的韻文體裁是詞，元代最流行的韻文體裁是曲。唐詩、宋詞、元曲，都是一代的主流。明清兩代的文士當然也有寫詩、填詞、作曲，不過論聲勢就不能與前代比擬了。

加襯字和不加襯字的差異，可以二十世紀的國語時代曲和粵語時代曲為例說明。國語時代曲《月圓花好》頭兩句是：「浮雲散，明月照人來。」七十年代在香港和星馬甚為流行的粵語時代曲《百花亭之戀》用相同的音樂，卻將頭鋪演成兩個七言句：「鳥聲歌唱百花亭，花間與妹誓盟訂。」全首曲就很有七言古詩的味道。

《少年遊》的格式是「雙調五十字」，「雙調」指詞的上下兩半句式相同，在這《少年遊》都是五句，字數分別為七、五、四、四、五，共二十五字。兩半就是五十字了。亦有論者指出，今天我們填詞時所講的「雙調」是元代才有的後出名詞，宋人並無此說云云。兼錄以供讀者參考。

至於這《少年遊》押韻的要求是「五平韻」，前半三平韻，後半兩平韻。第一、二、五、七、十各句句腳押韻。晏詞分別是「枝」、「飛」、「帷」、「卮」、「時」五字。

今天我們填詞，都是依清人《詞林正韻》。

當然，我們用今天的現代漢語去唸誦格律詩詞，中古時代（唐宋時代於漢語音韻學的劃分算是中古）漢語定義為押韻的字組未必讀來、聽來順口。不過我們學習作詩填詞，還得要從古不依今。寫「近體詩」（指唐朝盛成的格律詩，包括絕句和律詩）則要按「平水韻」。

回到「小查詩人」為「段十回」作的回目：

青衫磊落險峰行。玉壁月華明。馬疾香幽。崖高人遠。微步縠紋生。
誰家子弟誰家院。無計悔多情。虎嘯龍吟。換巢鸞鳳。劍氣碧煙橫。

金庸《少年遊・本意》

依例，一、二、五、七、十等五句句腳押韻，就是「行」、「明」、「生」、「情」、「橫」。

如用我們廣府話來唸誦，這第一句的「行」字宜讀「haang4」音，陽平聲、「棚撐韻」。「明」字屬「英明韻」。「生」有「saang1」音，陰平聲、「棚撐韻」。「情」字屬英明韻。「橫」字屬「棚撐韻」。按粵曲曲韻規矩，「英明韻」和「棚撐韻」不能通押，但是我們作詩填詞則分別按「平水韻」和「詞林正韻」，填詞用的韻腳，只要「詞林正韻」認可就合律。

第三節　從「段十回」說起

金庸小說無可避免受到元明清章回小說的影響，這些傳統小說都以聯句作回目，故事可能橫跨較為廣闊的時空。

如《水滸傳》有「魯林十回」：

第二回　史大郎夜走華陰縣　魯提轄拳打鎮關西
第三回　趙員外重修文殊院　魯智深大鬧五臺山
第四回　小霸王醉入銷金帳　花和尚大鬧桃花村
第五回　九紋龍翦徑赤松林　魯智深火燒瓦官寺
第六回　花和尚倒拔垂楊柳　豹子頭誤入白虎堂
第七回　林教頭刺配滄州道　魯智深大鬧野豬林
第八回　柴進門招天下客　林沖棒打洪教頭
第九回　林教頭風雪山神廟　陸虞侯火燒草料場
第十回　朱貴水亭施號箭　林沖雪夜上梁山

第十一回　梁山泊林沖落草　汴京城楊志賣刀

又有「武十回」：

第二十二回　横海郡柴進留賓　景陽岡武松打虎

第二十三回　王婆貪賄説風情　鄆哥不忿鬧茶肆

第二十四回　王婆計啜西門慶　淫婦藥鴆武大郎

第二十五回　偷骨殖何九送喪　供人頭武二設祭

第二十六回　母夜叉孟州道賣人肉　武都頭十字坡遇張青

第二十七回　武松威震平安寨　施恩義奪快活林

第二十八回　施恩重霸孟州道　武松醉打蔣門神

第二十九回　施恩三入死囚牢　武松大鬧飛雲浦

第三十回　張都監血濺鴛鴦樓　武行者夜走蜈蚣嶺

第三十一回　武行者醉打孔亮　錦毛虎義釋宋江

再有「宋十回」：

第三十二回　宋江夜看小鼇山　花榮大鬧清風寨

第三十三回　鎮三山大鬧青州道　霹靂火夜走瓦礫場

第三十四回　石將軍村店寄書　小李廣梁山射雁

第三十五回　梁山泊吳用舉戴宗　揭陽嶺宋江逢李俊

第三十六回　沒遮攔追趕及時雨　船火兒夜鬧潯陽江

第三十七回　及時雨會神行太保　黑旋風展浪裡白條

第三十八回　潯陽樓宋江吟反詩　梁山泊戴宗傳假信

第三十九回　梁山泊好漢劫法場　白龍廟英雄小聚義

第四十回　宋江智取無為軍　張順活捉黃文炳

第四十一回　還道村受三卷天書　宋公明遇九天玄女

《水滸傳》前部用很長的篇幅講一個梁山好漢的故事，後來就較多群戲。

金庸小說則群戲較少，故事多聚焦在主角之上。

第二章 《天龍八部詞》之二：《蘇幕遮．本意》

向來痴，
從此醉。
水榭聽香，指點群豪戲。
劇飲千杯男兒事。
杏子林中，商略平生義。

昔時因，
今日意。
胡漢恩仇，須傾英雄淚。
雖萬千人吾往矣。
悄立雁門，絕壁無餘字。

金庸《蘇幕遮．本意》

金庸點明《蘇幕遮》這個詞牌是「胡人舞曲」，五冊本的《天龍八部》，於第二冊由書獃子段譽帶引出大英雄喬峰。

第一節 「胡人舞曲」不是「喬十回」

《天龍八部》第一冊可說是「段十回」，回目的詞牌選了十分切題的《少年遊》。第二冊雖然不能算是「喬十回」（算「喬七回」），但是內容實以這位契丹英雄為主，只頭兩句說段譽，再詠阿朱和王語嫣，第十四回由段譽帶出「燕趙北國的悲歌慷慨之士」喬幫主，喬幫主既是契丹人，以「胡人舞曲」作詞牌，亦不作他想。蘇幕遮本來是胡樂，唐朝時傳入中國。

第十一回 「向來癡」

這一回寫段譽被鳩摩智劫持，由雲南大理，帶到江南蘇州，找上姑蘇慕容家的參合莊，由是結識了慕容家朱碧雙美婢。

先是邂逅「十二分溫柔」的阿碧，又因阿碧「膚白如新剝鮮菱，嘴角邊有一粒細細的黑痣，更增俏媚」，再加阿碧說「阿朱姊姊比齊整十倍」，便願向化了裝、易了容是個老太婆模樣的阿朱磕頭。金庸詠美女膚白的修辭層出不窮，這一回如此遣詞用字、以鮮菱肉來形容皮膚白，是因為雅人小段皇爺親嘗過阿碧素手所剝的菱肉。

在媽媽的眼中，小段皇爺永遠是那個執著的「癡兒」，下一回與王夫人抬槓，也是一種「癡」。我們日常接觸與「癡」字相關的常用詞語有癡心妄想、癡人說夢、癡情，「小查詩人」以段譽自己思量前事來補敘人物性格：

……（段譽）心想：「……爹爹媽媽常叫我『癡兒』，說我從小對喜愛的事物癡癡迷迷，說我七歲那年，對著一株『十八學士』茶花從朝瞧到晚，半夜裡也偷偷起床對著它發呆，吃飯時想著它，讀書時想著它，直瞧到它謝了，接連哭了幾天，後來我學下棋，又是廢寢忘食，日日夜夜，心中想著的便是一副棋枰，別的什麼也不理。……媽最明白我的脾氣，勸我爹爹說，『這癡兒那一天愛上了武功，你就是逼他少練一會兒，他也不會聽。他此刻既然不肯學，硬揿著牛頭喝水，那終究不成。』……」

《天龍八部》第二回〈玉壁月華明〉

這是修訂二版前後呼應的安排，未暇追查舊版是否已如此。

說到段譽這個「癡兒」，可以順帶一提，有論者未能深切理解這一段文字的內涵，然誤以為段譽「被爹娘取小名為『癡兒』」！不確！

《天龍八部》是金庸小說中闡釋佛法最多的一部。

「癡」又是三毒之一。

第十二回　「從此醉」

因為吐蕃國師鳩摩智攻擊，小段皇爺與朱碧雙姝從參合莊逃亡出來，跑到王家，帶出了一個重要人物，就是「神仙姊姊」、「曼陀公主」王語嫣王姑娘了。

前文寫段譽「拜」了大理無量山玉像神仙姊姊為師，弟子段譽竟然在江南得見一個還真會說話的「神仙姊姊」，焉能不醉？

還竟然能有仙福與神仙姊姊坐在一起說話，得睹仙範，可以大膽望著如蔥管的仙手指，和雪白嬌嫩的仙手背，於是乎「喉頭乾燥，頭腦中一陣暈眩」，無酒亦可自醉。

段譽對王語嫣「如癡如醉」的單相思，在同類相近的情節之中，是金庸筆下用了最多篇幅、最大力氣去經營、描繪的一次。

金庸說故事的能力出神入化，而且非常注重細節。寫玉像神仙姊姊、王夫人、王語嫣雖然貌似，不過王夫人比玉像是年紀大而美貌也差得遠，玉像則是「冶艷靈動，頗有勾魂攝魄之態」，比「眼前少女」（王姑娘）的「卻端莊中帶有稚氣」，還是「玉像比之眼前這少女更加活些」。

然後「呆子」小段皇爺成了輕薄少年，竟然教唆大家閨秀王姑娘反抗母親，離家出走！

第十三回　「水榭聽香　指點群豪戲」

小段皇爺得罪了王夫人，故事至此段譽由帶了慕容朱碧二姝出走，還加了一位慕容家的表小姐王語嫣。

眾人到了阿朱的住處聽香水榭，中國宋代「武藝活百科全書」王姑娘初次涉足武林，指點青城派和秦家寨一眾江湖上五六流的小角式比武，誰勝誰負，取決於王姑娘那「世上怎能有」、「如此好聽」（大理段公子的主觀感受）的仙音。

「香」怎麼能聽？

原來這裡的聽，應該解作「裁斷」，所以阿朱還未到家門，便可以「聽」得出茉莉花露、玫瑰花露和寒梅花露都被秦家寨一眾莽夫蹧蹋了。《周禮》有所謂五聽，是為審案五法，即辭聽、色聽、氣聽、耳聽和目聽。這回阿朱用了氣聽。再讀這段，忽然很有感觸，阿朱原本是個活潑開朗的小女孩，因為結識了大英雄喬幫主而玉殞香銷，而兩人聚散匆匆，蕭大哥竟是沒有品嚐諸種花露的福份。

王姑娘一眼便看出諸昆保的手法是蓬萊派天王補心針，而不是青城派青蜂釘。隨口說了，純粹是學術上求真，卻惹來許多讀者的非議。惜哉！正是古人說的「女子無才便是德」之註腳。「聽香」還另有一解，民俗婦女於中秋夜，向神明點香默禱，求指點渴欲預知的事，然拈香出門，以路上最先聽到的任何聲音或人言，來預測事件的順逆吉凶。

這回回目兩句，上句詠阿朱，下句說王語嫣。

《天龍八部》八部之中，「乾闥婆」就是以香為食。

第十四回 「劇飲千杯男兒事」

大英雄「北喬峰」出場了！

小段皇爺藉著無上內功與丐幫幫主「北喬峰」拜了把子。過程中可見喬幫主實是丐幫淨衣派的老祖宗，後文寫吳長老為了喝酒，連楊家將的頭頭楊元帥送的「記功金牌」都押了，喬幫主卻大馬金刀的在酒家胡亂消費，上樑不正下樑歪，一旦不做幫主，丐幫便腐化了。這一回亦側寫包不同和風波惡兩人成事不足、敗事有餘，只得一個忠字而已，絕不是第一流的人才。

小查詩人的金庸作品集入面，各部著作之間不盡協調，可以說是有矛盾。

以內功轉化酒，《射鵰英雄傳》的丘處機也做過，而且在小說創作是先有丘處機無窮無盡的酒量，然後才有《天龍八部》段譽同樣用內功化酒。所不同者，丘處機是有意為之，那就是一早就知道自己已練成這樣的內功；段譽則是無意中發現自己有這種本事。

論年代是段譽早於丘處機，論創作則是丘處機早過段譽。前代要有六脈神劍的絕技才能辦到，後代就連江湖上勉勉強強第二流末的高手也有這種能耐。

如果要在金庸小說入面找「不合理」、找「情節犯駁」，如這樣的實在多的是。不過武俠小說處理的是一個虛擬的世界，讀者不必執著。此所以筆者研究金庸學數十年，從來不深究這類「藝術加工」。

還可以再舉一例。

「傳音入密」在《神鵰俠侶》那個南宋的時空，是江湖中一等一的絕頂高手才有此能耐。到了倒數第二部明代《笑傲江湖》，連日月教的任大小姐也可以用「傳音入密」的辦法，在五嶽劍派的併派大會上，指導桃谷六仙攪局搗亂，還跟「親親沖哥」說了幾句。那是二十一世紀今天無線的智能手提電話的功能了！

第十五回　「杏子林中　商略平生義」

上回寫喬幫主輕易打敗了姑蘇慕容的包不同和風波惡兩個庸手，今回則冷靜敉平叛亂，還順便表揚四長老的功勞，很會拉攏人心。

論武藝，此刻的喬幫主、日後的蕭大王比起兩位把弟差了一大截，但是論英雄的形象，不得不承認喬幫主蕭大王是金庸筆下的魁首。

丐幫是個甚麼組織？

丐幫該是個「叫化兒」的「工會」！

《射鵰英雄傳》有黃藥師借了前人譏諷孟子的「乞丐何曾有二妻？」（在第三十回〈一燈大師〉由黃蓉講來）。以我們一般人的理解，丐幫中人原該沒有家室。但是金庸要安插康敏來陷害喬幫主，只好從權給「窩囊廢」馬大元副幫主弄個老婆，並附送一塊綠頭巾。這一回穿插了趙錢孫與單正一家鬥嘴，點出做男人要學「挨打不還手」這一門「天下第一等的功夫」。

不要小覷這回小查詩人「事急從權」，結果是徹底「巔覆」了金庸武俠世界入面天下第一大幫的「規矩」！

在《天龍八部》的時代，喬峰幫主、馬大元副幫主等人都是「淨衣派」。我們回到去看喬幫主初出場的氣派，他信手就拋出一錠銀付酒資，看來定是不必找零，有餘則作小費。丐幫幫主這個「乞丐頭兒」何嘗是個「乞丐」？

中國傳統上真正的丐幫，在拙著《解析射鵰英雄傳》有討論，最遲到清末，許多州縣都有地方的丐幫，由幫主負責管理一地的乞丐。金庸筆下的丐幫則屬全國性質，在資訊和交通都不發達的舊時代、舊社會，倒是不易運作。讀者亦可參考歐懷琳的「武俠商道」系列。丐幫之能夠成幫，當然少不了淨衣派的企業管理知識。還有明代馮夢龍《喻世明言》的〈金玉奴棒打薄情郎〉，當中女主角金玉奴就是杭州一帶「丐幫幫主」金老大的千金！金家有田有屋，金玉奴還可以讀書，更有條件招贅婿呢！

第十六回　「昔時因」

故事奇峰突起，忽然揭開丐幫喬幫主身世之謎，但是線索又含糊不清，緊扣讀者心絃。原來三十多年前有一夥中原武林中人，跑去宋遼邊境，偷襲一個遼國貴人，打打殺殺一場，才知道情報有誤，誤傷無辜，留下一個異國異族嬰兒，就是今時的喬幫主。

此刻馬副幫主忽然橫死，遺孀跑出來指控喬幫主是奸細叛徒。

丐幫在大宋是非官方的「愛國組織」，在大遼則是個「恐怖組織」，又有誰料到丐幫幫主喬峰會被指為漢奸遼諜？

「昔時因」就是講喬幫主不為人知的過去，還有一個大家出全力包庇的「帶頭大哥」。

第十七回　「今日意」

這詞牌的下片首兩句的「昔時因」和「今日意」要對仗，上片的「向來癡」和「從此醉」也要對仗。

至此忽然又寫回段譽，喬幫主將軍一去，大樹飄零，丐幫即時一敗塗地。段公子有幸與王語嫣同行，還出生入死。實在不必做甚麼心理測驗，一旦有危險，段公子不假思索便撇下阿朱阿碧，只管救王姑娘。後來表明心跡，還碰得一鼻子灰。

這回寫段公子原本篤信佛法，為此不肯學武，當下為了保護王姑娘，卻胡裡胡塗的大開殺戒！

原來小查詩人很不喜歡「王語嫣型」的女孩，就是書讀得特別熟，可以隨時背誦如流的活字典。作者本人自言，在碾坊中讓王姑娘有「大膽暴露」的演出，原來算是心理上的報復！

更可惡的報復還在後頭，作者這「小器鬼」！

第十八回 「胡漢恩仇 須傾英雄淚」

故事發展急轉直下，大英雄喬幫主已被落實是契丹胡虜的真正身份，又忽然背上濫殺、弒父、弒母、弒師等十惡不赦大罪名。英雄有淚不輕彈，只是未到傷心處，這一回還未算呢！日後才真的要傾英雄淚。

這回作者因話題話，以喬幫主業師、少林派玄苦大師法名的一個「苦」字，乘機隨緣說法，介紹了「七苦」，即生、老、病、死、怨憎會、愛別離、求不得。玄苦大師視受到致命襲擊為「怨憎會」，與前文第十回的「本相破無相」都是陳世驤教授名言的註腳！陳大師寫道：

……上而惻隱佛理、破孽化癡，俱納入性格描寫與故事結構，必亦宜於此處見其技巧之玲瓏，及景界之深，胸懷之大，而不可輕易看過。

《天龍八部》附錄〈陳世驤先生書函〉

阿朱偷了少林派的《易筋經》，又被少林高僧掌力間接所傷，喬幫主為救弱女，只好自投羅網，去找薛神醫為阿朱治傷。

大戰一觸即發！

第十九回 「雖萬千人吾往矣」

本回用句取材自《孟子・公孫丑》引孔門弟子曾參說的「自反而縮，雖千萬人吾往矣」，這句話小段皇爺也講過。因為遷就詞牌格律稍作改動，「千萬」改為「萬千」，「千」字平聲，「萬」字仄聲。本回的重要大事在寫喬幫主於聚賢莊大開殺戒，戰況非常慘烈，喬幫主還把最可愛有趣的「矮冬瓜」奚長老也打死了！奚長老可是對喬幫主「半師半友，情義甚麼深重」的恩人呀！

金庸在新世紀增刪改寫全套武俠小說，新三版《天龍八部》拿宋、奚兩人調換了，很是混亂。原本修訂二版使「倒齒鐵鐧」的宋長老是四大長老之首，使鋼杖的奚長老是「半師半友矮冬瓜」，喬幫主打死了奚長老，後來在少林寺附近游坦之打死了宋老頭。現在新三版倒是喬幫主先打死了「使鐵鐧的奚長老」，日後「使鋼杖的半師半友矮冬瓜宋長老」才給游坦之打死。

或許先入為主，我認為喬幫主親手打死「半師半友矮冬瓜」更能令讀者有震憾感。

結果聚賢莊一役，喬幫主死裡逃生，因有武功極高強的神秘大漢出手相救。

第二十回　「悄立雁門　絕壁無餘字」

終於確定了喬幫主是契丹人！但因為雁門關外懸崖壁上已無隻字，當中的謎團仍未解開。喬幫主此下要做古代偵探，追查「帶頭大哥」的身份下落。

這裡又還有個大破綻，就是嬰兒喬幫主已有狼頭紋身，因為作者安排小蕭峰幼年與親生父母生離死別，又要給他本族紋身作為確認他是契丹人的真憑實據，要改也改不來了！

第一，小蕭峰怎麼可能捱得這種痛？

第二，嬰兒期紋了身，隨著年齡漸長，人拉高了，皮膚也拉長了。他長大之後圖案不會變形退色嗎？

第二節　《蘇幕遮》詞牌

《蘇幕遮》詞牌，雙調六十二字八仄韻，上下片句式相同。

此下拿此宋名臣范仲淹的《蘇幕遮・懷舊》比較一下，其詞曰：

碧雲天，黃葉地。秋色連波，波上寒煙翠。山映斜陽天接水。芳草無情，更在斜陽外。

黯鄉魂，追旅思。夜夜除非，好夢留人睡。明月樓高休獨倚。酒入愁腸，化作相思淚。

當中上片的地、翠、水、外；和下片的思、睡、倚、淚共八字押去聲韻。「碧雲天」與「黃葉地」，「黯鄉魂」與「追旅思」都是對仗。

「小查詩人」這《蘇幕遮．本意》是：

向來痴。從此醉。水榭聽香，指點群豪戲。劇飲千杯男兒事。杏子林中，商略仗平生義。

昔時因。今日意。胡漢恩仇，須傾英雄淚。雖萬千人吾往矣。悄立雁門，絕壁無餘字。

這詞上片的醉、戲、事、義；和下片的意、淚、矣、字也是共八字押去聲韻。下片「雖萬千人吾往矣」一句的平仄要求是「可仄可平平仄仄」，第二字限仄聲，第三字可平可仄。原典「雖千萬人吾往矣」不合律，因為「千」字放在第二字要求仄聲字。「小查詩人」改為「萬千」，平仄就合律了。

前文提過「小令易學難工，長調難學易工」，按傳統分類，詞可以按字數多寡分為「小令」、「中調」和「長調」。主流說法是五十八字以下為「小令」，五十九至九十字為「中調」，九十一字以上為「長調」。但是亦有學者認為不必按字數來分，理由是個別詞牌有多個一個格式，字數剛好橫跨上述的界限，就分不出是小令還是中調，是中調還是長調了。王力《漢語詩律學》（這是「小查詩人」自學用的教材）認為詞只分兩類，六十二字以內的是小令，六十三字以外的是「慢詞」。《蘇幕遮》詞牌只得一個六十二字的格式，按傳統說法已算「中調」，按王力大師的說法仍屬「小令」。

《少年遊》則怎樣說都是小令。

第三章 《天龍八部詞》之三：《破陣子》

千里茫茫若夢，
雙眸粲粲如星。
塞外牛羊空許約，
燭畔鬢雲有舊盟。
莽蒼踏雪行。

赤手屠熊搏虎，
金戈盪寇鏖兵。
草木殘生顱鑄鐵，
蟲豸凝寒掌作冰。
揮灑縛群英。

金庸《破陣子》

《天龍八部》第三冊金庸選用《破陣子》詞牌作回目，沒有如前兩冊說「本意」，不過當中「金戈盪寇鏖兵」就有「破陣殺敵」之事。

第一節　破陣救主「蕭七回」

《破陣子》詞牌上下兩半各五句，剛好配十回回目。這詞牌源出於唐代教坊曲的《破陣樂》，據說是唐太宗李世民任秦王時所作，金庸的《破陣子》第七句講的就是大英雄蕭峰以一人之力，大破叛軍的陣。

從第二十一回開始，大英雄喬峰終於改姓歸宗，此後是蕭峰而不再是喬峰了。於是這冊是「蕭七回」，八九回是游坦之當主角，第十回則是丁春秋。

第二十一回　「千里茫茫若夢」

這回寫大英雄喬峰有美相伴，千里追兇。「帶頭大哥」變成「大惡人」，結果喬峰和阿朱每次都慢了一步，總是給「大惡人」捷足先登，眼前種種，真的如夢如幻。

先後計有趙錢孫、譚公譚婆；山東泰安單家；最後有天台山的智光大師。他們都知道「帶頭大哥大惡人」的身份，人死了就不會洩露秘密。這位智光大師很有問題，他確認喬峰其實姓蕭，又交還蕭峰先人的遺物，不過既認定趙錢孫等人都是死在喬峰（此下歸宗復姓是蕭峰），為何他沒有向止觀禪寺內其他僧人交代，自己不是喬峰出手害死？

智光大師這就沒有「為人為到底、送佛送到西」了。

此時大英雄蕭峰當然萬萬想不到「大惡人」竟然是自己的生父！早知如此，何必當初？

阿朱以高明的化裝術去假扮丐幫執法長老白世鏡，企圖欺騙馬夫人，事情出奇的順利。「帶頭大哥」是我們讀者熟悉的大理國鎮南王爺，也就是喬幫主的拜把子弟弟段譽的爸爸。

第二十二回　「雙眸粲粲如星」

無巧不成書，蕭峰要找段正淳報那殺父殺母的血仇，就遇上段正淳由天南大理遠來到中原尋找被劫持的獨生愛子段譽。

天下第一惡人段延慶又跟上來找段正淳的麻煩，在一敗塗地全軍覆沒的邊緣，前丐幫幫主出手相救。

回目這句是寫蕭大英雄的丈母娘阮星竹那「一雙烏溜溜的大眼晶光燦爛，閃爍如星」。阿紫也遺傳得「一雙大眼烏溜溜地」，再加「滿臉精乖之氣」。阿朱呢？第十一回《向來癡》早借段公子的眼來告訴讀者「伊」是「一臉精靈頑皮的神氣」，「眼珠靈動」，母女三人都是「雙眸粲粲如星」。這不是直接描寫蕭峰的故事言行，卻在寫他人生中最重要兩個女人，阿朱阿紫這對姊妹花。

兩人的名字也有講究。看來在用《論語・陽貨》的典：「惡紫之奪朱。」古人認為紫是雜色，朱（紅）才是正色。「奪」在此作「亂」解。阿紫代替阿朱，實是以邪代正。

在這些不起眼的細節，讀者可以隨處見到「小查詩人」的筆力，寫這麼多的人物，總是找一點與別不同的特徵出來。

第二十三回 「塞上牛羊空許約」

這句原本看似平平無奇，但是讀者讀來不能不鼻為之酸！

五十回的《天龍八部》以這一回最不熟，初讀每一部金庸小說時，每一回都是匆匆看過，畢竟情節太過采，故事發展也甚明快，你總是有一股儘快看完故事的衝動。

此所以，筆者認為每一位新讀者都要好好珍惜第一次的閱讀經驗，未知後事的初讀，跟已知結局的重讀，是兩種截然不同的經驗和享受。

然後每次再讀，到了這一回總是匆匆略過，總是沒有一字一句的細讀，畢竟太慘了。

阿朱原來還只是個很年輕、很年輕的小女孩，初出場時與阿碧同是十六七歲而大了一個月，幾個月後就自已設計讓愛人一掌打死。聰明反被聰明誤！

人生的際遇歷練各有不同，阿朱在很短的時間之內極速成長，找到了一生的幸福，然而好景不常，「塞上牛羊空許約」，讀者至此能不鼻為之酸？

阿朱死諫，薦了親妹阿紫自代。不過蕭大哥卻不聽遺言，悲劇還要延續下去！

第四句　「燭畔鬢雲有舊盟」

然後蕭峰發現驚人大秘密！

原來平素「冷若冰霜」的馬夫人，竟然還有「艷媚入骨」的一面，「柔到了極處，膩到了極處」，而且還又是岳夫大人段正淳王爺的舊情人、老相好！

阿朱的易容術雖然出色，但是「假白世鏡」不知「真白世鏡」與馬夫人有奸情，原來一言試探就知道是假扮的，於是撒謊說段正淳是「帶頭大家」，借刀殺人，唆使他們去滅了「負心人」。

白世鏡和馬夫人都死了，「帶頭大哥」的線索又斷了！

大英雄蕭峰身邊的美少女換了人，阿朱給錯手打死了，由親妹阿紫接上餘下的戲份。

第二十五回　「莽蒼踏雪行」

這回寫大英雄蕭峰的無助感。

愛人死了，仇人不知是誰。天地之大，竟似無處容身。原本阿朱遺言要他照看阿紫，也同時要阿紫照看姊夫，即是有意以妹代己。但是蕭大英雄不肯聽「老婆」的話，要回到本族。中間加插一段星宿派的戲碼，預先介紹了星宿老怪，還有蕭峰幫阿紫贏取大師姐的地位。

此下故事要安排蕭峰遠走北國，小查詩人總是有辦法。阿紫為了「擁有」姊夫蕭峰，不惜向他發毒針，如果真的傷了他，就可以乘機照顧他，那麼這個英雄姊夫就成了自己的玩具了。

第二十六回　「赤手屠熊搏虎」

寫蕭峰錯手以降龍掌力打傷了阿紫之後，無計可施，不得已遠走北國，去找人參續命。後來殺熊取膽給阿紫療傷，殺虎吃肉，還先後與女真領袖完顏阿骨打和大遼皇帝各自拜把子。

中國北方遊牧民族因為生活環境與中原不同，自然會發展出與漢文化不大一樣的生活技術。《射鵰英雄傳》主角郭靖的原形極有可能是以成吉思汗麾下的郭寶玉和孫子郭侃的混合：

郭侃的祖父郭寶玉是郭子儀的後裔，成吉思汗手下大將，隨大汗西征，功勞很大，在攻打撒馬爾罕城時身受重傷，流血不止。成吉思汗命人剖開一條大牛的肚子，將郭寶玉放在大牛肚子里，後來就血止傷愈。郭寶玉、郭侃在《元史》、《新元史》中均有傳。

《射鵰英雄傳》附錄

《元史．郭寶玉傳》說：「寶玉胸中流矢，帝命剖牛腹置其中，少頃，乃蘇。」流血不止的傷者放入宰的牛腹之中，按理當有保溫、防菌和止血的作用。阿紫受的是外力重傷，這個牛腹療法未必管用。當然金庸寫的辦法也不一定可以治療阿紫受的「衝擊波」震傷。但是小說作者自有自圓其說的手法，金庸要阿朱死有辦法，要阿紫活亦有辦法。

郭寶玉是「通天文、兵法，善騎射」的大將。兒子郭德海「亦通天文、兵法」，當是得到乃父真傳。郭德海子郭侃則是「驇勇有謀略」、「行軍有紀律」。這個真實蒙元郭家是唐代名臣郭子儀的後人。金庸編派《射鵰英雄傳》主角郭靖為小說《水滸傳》虛構人名「賽仁貴」郭盛的後人，家世差了一大截。

第二十七回　「金戈盪寇鏖兵」

《三國演義》第二十五回寫關羽斬了袁紹的大將顏良，曹操稱讚道：「將軍真神人也！」關羽卻答道：「某何足道哉！吾弟張翼德於百萬軍中取上將之頭，如探囊取物耳！」

這回金庸寫蕭峰的神威勇武，以一人敵萬軍，勝過了關張，百萬軍中來去自如，生擒逆首，敉平叛變。平地而起，一躍而為「去天子一階」的南院大王，還要爵封楚王。

這回由阿紫的口倒敘舊事，說道蕭峰在中原江湖得了「忘恩負義，殘忍好色」。大英雄如此被世人誤解，百詞莫辯，這是人生的無奈！

金庸是小說家、文學家的大宗師，很會借人物情節來訴說他的世界觀、價值觀：

大軍行了數日，來到上京……蕭峰按轡徐行，眾百姓大叫：「多謝南院王救命！」「老天爺保佑南院大王長命百歲，大富大貴！」

蕭峰聽著這一片稱頌之聲，見眾百姓大都眼中含淚，感激之情，確是出於至誠，尋思：「一人身居高位，一舉一動便關連萬千百姓的禍福，我去射殺楚王之時，只是逞一時剛勇，既救義兄，復救自己，想不到對眾百姓卻有這大的好處。唉，在中原時我一意求好，偏偏怨謗叢集，成為江湖上第一大奸大惡，也實在難說得很。

《天龍八部》第二十七回〈金戈盪寇鏖兵〉

〈陳世驤先生書函〉的第二封有言：

藝術天才，在不斷克復文類與材料之困難，金庸小說之大成，此予所以折服也。

《天龍八部》附錄

一邊增刪整理舊稿，來到這裡，心血來潮乘機說法，便抄幾句陳教授的高見，聊以光我篇幅。

第二十八回　「草木殘生顱鑄鐵」

經歷第二冊的「喬七回」和第三冊的「蕭七回」，金庸又將故事的重心轉移到另一個絕頂高手，就是同樣誤打誤撞練成神奇內功的游坦之，不過他的福報與段譽就相差太遠了。

這回寫阿紫殘虐游坦之，視之如草如木。如果蕭峰不是妄顧阿朱的遺言，多點用心去引導阿紫歸回正道，不知又會變是甚麼樣的局面。然而，各人有各人的緣法，蕭峰不理會阿紫，還派一個室里去逢承她，便更間接激化阿紫兇暴的一面。阿紫自少與生父段正淳、生母阮星竹分離，家教有欠；游坦之則生於武學世家，卻給父親和伯父慣壞了。

《三字經》云：「苟不教，性乃遷。」信焉！

第二十九回　「蟲豸凝寒掌作冰」

寫游坦之一再死裡逃生，練成了《易筋經》的武功（新三版改為《摩伽陀國欲三摩地斷行成就神足經》），再得冰蠶寒毒，合為亦正亦邪的第一等內功。

金庸要改《易筋經》，是為了與《笑傲江湖》對應。《笑傲江湖》的《易經筋》是中華文字，這樣少林方丈方證大師才可以透過桃谷六仙傳話，說成是風清揚講授的華山派內功，轉輾傳給令狐沖。如果《天龍八部》的《易筋經》仍是梵文本，在金庸學研究入面的「跨部研究」就不能自圓說了。

第三十回　「揮灑縛豪英」

這回星宿老怪丁春秋正式出場，虛竹出場，函谷八友也出場，熱鬧得緊。

回目說丁春秋生擒少林、姑蘇慕容好手和函谷八友，順便鋪排一下，為「竹十回」展開序幕。

第二節　《破陣子》詞牌

《破陣子》詞牌，是雙調六十二字，上下片都是五句、三平韻，字數分別是：六、六、七、七、五。上片二、四、五句；下片七、九、十句押韻。

南唐後主李煜（九三七至九七八）的《破陣子》許多人都讀過：

四十年來家國，三千里地山河。鳳閣龍樓連霄漢，玉樹瓊枝作煙蘿。幾曾識干戈？

一旦歸為臣虜，沈腰潘鬢銷磨。最是倉皇辭廟日，教坊猶奏別離歌。垂淚對宮娥。

這裡河、蘿、戈；磨、歌、娥六字押韻。

李煜此作還有一、二句對仗：

四十年來家國，

三千里地山河。

三、四句也對仗：

鳳閣龍樓連霄漢，

玉樹瓊枝作煙蘿。

再介紹南宋大詞人辛棄疾（一一四〇至一二〇七）的《破陣子・為陳同甫賦壯詞以寄之》：

醉裡挑燈看劍，夢回吹角連營。八百里分麾下炙，五十弦翻塞外聲。沙場秋點兵。

馬作的盧飛快，弓如霹靂弦驚。了卻君王天下事，贏得生前身後名。可憐白髮生！

當中營、聲、兵；驚、名、生押韻。

讀者如讀過《三國演義》，或會記得的盧是劉備的坐騎，在荊州「躍馬過檀溪」，救了劉備一命。

對仗則多了。一、二句：

醉裡挑燈看劍，
夢回吹角連營。

三、四句：

八百里分麾下炙，
五十弦翻塞外聲

六、七句：

馬作的盧飛快，
弓如霹靂弦驚。

八、九句：

了卻君王天下事，
贏得生前身後名。

最後回到「小查詩人」的《破陣子》：

千里茫茫若夢，雙眸粲粲如星。塞外牛羊空許約，燭畔鬢雲有舊盟。莽蒼踏雪行。

赤手屠熊搏虎，金戈盪寇鏖兵。草木殘生顱鑄鐵，蟲豸凝寒掌作冰。揮灑縛群英。

金庸《破陣子》

當中星、盟、行；兵、冰、英押韻。

對仗也是四組。一、二句：

千里茫茫若夢，

雙眸粲粲如星。

三、四句：

塞外牛羊空許約，

燭畔鬢雲有舊盟。

六、七句：

赤手屠熊搏虎，

金戈盪寇鏖兵。

八、九句：

草木殘生顱鑄鐵，

蟲豸凝寒掌作冰。

讀者或會有疑問，因何潘國森這回抄了兩位大詞人的作品？除了增加篇幅之外，還有為了比較！

沒有比較，讀者諸君單看「小查詩人」的詞，可能看不出他的好。當然，我無意拿金庸的詞去跟李煜、辛棄疾比併，這樣會為金庸樹敵。不過，金庸這五首《天龍八部詞》，每句都有數十萬字的小說做註腳和後盾，是其有利之處。如前述「塞外牛羊空許約」一句，聯想到阿朱紅顏命薄，與蕭大哥雖是有緣，仍屬緣薄，讀者能不為之鼻酸嗎？

第四章　《天龍八部詞》之四《洞仙歌》

輸贏成敗，又爭由人算。
且自逍遙沒誰管。
奈天昏地暗，斗轉星移。
風驟急，縹緲峰頭雲亂。

紅顏彈指老，剎那芳華。
夢裏真真語真幻。
同一笑，到頭萬事俱空。
胡塗醉，情長計短。
解不了，名韁繫貪嗔。
卻試問，幾時把癡心斷？

金庸《洞仙歌》

第一節　《洞仙歌》是「竹十回」

《天龍八部》詞第四首《洞仙歌》，倪匡先生的《再看金庸小說》認為是《天龍八部》全書之旨。

金庸挑了敦煌石窟中的一幅西夏壁畫做這一冊（修訂版《金庸作品集》）的封面，畫面所見是一王者與八個隨從，金庸評之為：「西夏文化較低，畫風有粗拙之美。」壁畫將王者繪得高大，隨從一律畫得矮小如孩童，衆人面貌線條簡單，顯出滿臉堆歡，神態十分可愛。

第四冊可以說是「竹十回」，由少林寺一個低輩小和尚誤打誤撞、解開珍瓏開始，一幕幕奇遇接踵而來。先是胡裡胡塗的當上了逍遙派的掌門，然後小和尚一再犯了各種各樣的波羅夷大戒，又吸了逍遙派三大巨頭的內力，兼任全女班衆香國的靈鷲宮新主人。這樣的際遇，真是時來風送滕王閣，神仙也不如，故此金庸要挑《洞仙歌》這個詞牌來作為「竹十回」的回目。虛竹的際遇又洞有何關係？讀者不可忘記，靈鷲宮屬下有三十六洞七十二島，天山飄渺山靈鷲峰還有許多石洞，虛竹子儼然就是一「洞仙」了！

這首《洞仙歌》自成篇章，講的卻是佛法。

第三十一回「輸贏成敗　又爭由人算」

這兩句深含哲理，寫江湖上各路英雄應邀破解珍瓏，「爭」是「如何」、「怎生」。人算不如天算，結果是最無心破局的虛竹無心柳柳成陰。慕容復、段延慶差點自殺，范百齡狂噴鮮血，都是為了贏不得。段譽盡力而為但不成功，卻處之泰然，蘇星河以段譽外貌英俊，期許甚殷，而極度失望，反教段譽過意不去。「大帥哥」解不開珍龍，反而是醜和尚成功！眾人之敗，各有各的因緣：

這個珍瓏變幻百端，因人而施，愛財者因貪失誤，易怒者由憤壞事。段譽之敗，在於愛心太重，不肯棄子；慕容復之失，由於執著權勢，勇於棄子，卻說什麼也不肯失勢。段延慶生平第一恨事，乃是殘廢之後，不得不拋開本門正宗武功，改習旁門左道的邪術，一到全神貫注之時，外魔入侵，竟爾心神蕩漾，難以自制。

《天龍八部》第三十一回〈輸贏成敗　又爭由人算〉

這也是「惻隱佛理，破孽化癡」。

金庸小說的「技巧玲瓏」常在於不斷以書中不同人物的視角，去看當下發生的事，筆鋒一帶，給了少林派玄難大師很吃重的戲份：

玄難喃喃自語：「這局棋本來糾纏於得失勝敗之中，以致無可破解，虛竹這一著不著意於生死，更不著意於勝敗，反而勘破了生死，得到解脫……」他隱隱似有所悟，卻又捉摸不定，自知一生耽於武學，於禪定功夫大有欠缺，忽想：「聾啞先生與函谷八友專注雜學，以致武功不如丁春秋，我先前還笑他們走入了歧路。可是我畢生專練武功，不勤參禪，不急了生死，豈不是更加走上了歧路？」想到此節，霎時之間全身大汗淋漓。

《天龍八部》第三十一回〈輸贏成敗　又爭由人算〉

這也是「惻隱佛理，破孽化癡」。

至於我們的「癡兒」段公子，更是珍瓏和生死甚麼都不急，只急於偷看神仙姊姊！

然後，就是神秘老人將七十年功力硬生生灌入虛竹小和尚體內，這無崖子便是蘇星河、丁春秋的師父。

第三十二回　「且自逍遙沒誰管」

此下寫少林寺小和尚虛竹被半哄半迫，當了逍遙派掌門人，這個「且」字用得最好，大有「既來之，則安之」的意趣。

金庸本人有點口吃，卻擅長寫口齒伶俐的人物，而且變化多端。這一回有蘇星河對付虛竹：

蘇星河號稱「聰辯先生」，這外號倒不是白叫的，他本來能言善辯，雖然三十年來不言不語，這時重運唇舌，依然是舌燦蓮花。虛竹年紀既輕，性子質樸，在寺中跟師兄弟們也並不爭辯，如何能是蘇星河的對手？

《天龍八部》第三十二回〈且自逍遙沒誰管〉

主角方面，《天龍八部》的段譽和《鹿鼎記》的韋小寶都屬能言善辯，不過一個讀書多，一個讀書少。不通世務的，則有《射鵰英雄傳》、《神鵰俠侶》的周伯通和《笑傲江湖》的桃谷六仙，都很會鬥嘴。

金庸是個傳統讀書人，當然讀了儒家的書之餘，還多讀道家的書。至於佛家的書，據其自述，則是從少受祖母影響。既讀道家，對「逍遙」一語便甚為鍾愛，金庸寫《笑傲江湖》的令狐沖追求「自由」，不也就是「逍遙」嗎？回目這句「沒誰管」可以聽函谷八友之首的解說：

康廣陵道：「師叔，這就是你的不是了。逍遙派非佛非道，獨來獨往，那是何等逍遙自在？你是本派掌門，普天下沒一個能管得你。你乘早脫了袈裟，留起頭髮，娶他十七八個姑娘做老婆。還管他什麼佛門不佛門？什麼惡口戒、善口戒？」

《天龍八部》第三十二回〈且自逍遙沒誰管〉

初讀《倚天屠龍記》見有明教光明左使楊逍這個人物，很不理解因何金庸會起這個名字。到得光明右使范遙出場，才知兩人合為「逍遙二仙」！

金庸筆下的「三笑逍遙散」是劇毒，真正的「逍遙散」是常用中藥，功能「疏肝解鬱、養血健脾」，在中藥成方入面，屬於「和解劑」。

這一回穿插了阿紫女扮男裝，故意害得虛竹破了葷戒，虛竹出佛入道的初期，仍然宥於佛家戒律，離開真正的逍遙還遠得很呢！

第三十三回　「奈天昏地暗　斗轉星移」

這回揭破了慕容家「以彼之道、還施彼身」的秘密，原來是「斗轉星移」的功夫。又再一次點出慕容復的弱點，故事發展下去，更加落實慕容復論外表和名氣是第一流，實際的本事只能算是第二流。

《天龍八部》最初在報上連載之事，曾由倪匡代筆了數萬字，他弄瞎了阿紫雙眼。到了金庸出版修訂二版時，刪去了倪匡代筆的一段。

這一回發生了許多事，慕容復孤身一人去找丁春秋報仇，僥倖全身而退。游坦之乘機救走雙目失明的阿紫，然後遇上了丐幫全冠清，從此收其擺佈。

段譽則追上去與慕容家同行，以便多見王語嫣。一行人等遇上「萬仙大會」，連番惡戰，真是「天昏地暗」！

第三十四回 「風驟緊 縹緲峰頭雲亂」

回目講的，是三十六島七十二洞密謀背叛天山童姥，風起雲湧。烏老大是三十六島七十二洞公推出來的頭領；這次密謀，讓不平道人、卓不凡和崔綠華三位高手要加入；再加姑蘇慕容帶同表妹王語嫣，鄧百川、公冶乾、包不同、風波惡四個家臣；還有六脈神劍傳人段譽。

這裡又可以舉出一個小漏洞！鄧百川和玄難都受了丁春秋化功大法所傷，結果玄難的武功都失了，鄧百川卻完全復原！不過作者有作者的特權，他要誰過關誰就過關，誰不能過關誰就不能過關。

金庸描寫武打場面很有層次，這一場混戰，大家都看得出慕容復的斗轉星移跟段譽的六脈神劍差了一大截。

第三十五回 「紅顏彈指老 剎那芳華」

這兩句寫天山童姥先是返老還童，然後一天抵得一年的重新成長、快速衰老。佳人易老，青春快逝，美貌原來不能長久。佳句！

虛竹雖然得了無崖子累積了七十年的內勁神功，但是武功一道卻只有在少林寺學得的一點皮毛。一直看著這個萬仙大會，直到烏老大要殺害從靈鷲峰虜來女童，這才出手相救。卻原來小女童正正是天山童姥！

虛竹帶了女童逃亡，到了山上。第一撥好手追上來了，先前不平道人露了一手輕功，三十六洞七十二島中人都大為讚嘆，不過虛竹只是得童姥指點運勁的法門，用柔軟的松球就一下子打死了不平道人！眾人的生死只懸一線，烏老大傷了肚皮，武功最低的矮子卻逃過大難，滾了下山。

然後真正強手來了！是逍遙派的另一前輩高手李秋水。

第三十六回 「夢裡真真語真幻」

李秋水一上來就砍了天山童姥一條腿，天山童姥神功未復，只得命虛竹帶她再走上逃亡之路。原來李秋水是西夏國太后，童姥決定躲到看來最危險而其實最安全的地方，就是李秋水的「地盤」，西夏皇宮！

天山姥教虛竹學習逍遙派的武功，又想脅迫虛竹留下來，結果虛竹不聽話，童姥就點了虛竹的穴道，還迫他吃葷腥。童姥的威脅嚇不倒倔強的小和尚，於心生一計，拿了李秋水的孫女來與虛竹睡在一起！

回目這句寫虛竹在西夏皇宮中的冰窖破了色戒。人能夠做夢，夢中的世界，與醒來的世界相似。究是莊周夢蝶，還是蝶夢莊周？虛竹似醒如夢，便與那不知是誰的姑娘以夢姑夢郎相稱。夢裡種種都是真，耳鬢廝磨時的綿綿情話、喁喁細語卻是幻。因為：

……虛竹始終不敢吐露兩人何以相聚的真相，那少女也只當是身在幻境，一字不提入夢之前的情景。

《天龍八部》第三十六回〈夢裡真真語真幻〉

補記：

這段文字先在台灣遠流公司的「金庸茶館」網站發表，後來有讀者網友驚道：「怎麼潘國森連『畫裡真真』的故事也不知？」

現時整理再重新發表，不妨順道講講故事。

「畫裡真真」出自唐人杜荀鶴《松窗雜記》。

話說有進士趙顏，於畫工處得一軟幛，上繪美女。趙顏對畫工說，如果畫中女子是生人，願娶為妻。畫工自稱神畫，教趙顏每日呼喚畫中女子名「真真」，畫中人聽了呼喚，必會應話，那時就給她灌酒，百日後就會成活。

後來「畫裡真真」倒是真的走了出來，與趙顏成親，年底就生了個兒子。到了小兒兩歲，趙顏有朋友說真真是妖，留下神劍，為趙顏除患。真真見劍就哭起來，說自己本是南嶽地仙，因趙顏一再呼喚，便滿足了他的所願。現在夫君見疑，只好離開。說罷攜子走回畫中，還嘔出先前喝過的酒。趙顏還來不及反應，就妻兒皆失，無法挽回。唯見畫裡真真之旁，多了個小孩。「畫裡真真」的故事再此結束。

既然有讀者指點，說「小查詩人」講的「夢裡真真」即是「畫裡真真」，那麼潘某人就從善如流，採納其說了。

卻原來無崖子給虛竹的信物，畫中人倒不是王語嫣，而是李秋水的妹妹，那是後話了。

第三十七回 「同一笑 到頭萬事俱空」

回目天山童姥與李秋水為無崖子爭了大半生，原來兩人都早已一敗塗地，無崖子心中就只有李秋水的妹妹。想起以前看過的一個比喻，說有人仍在賽跑道上爭先，人家早已站在頒獎臺上領獎！正正是二人的寫照，童姥大叫三聲「不是她」，李秋水也說兩人都是「可憐蟲」，兩人都是哈哈再三而死。正是：「同一笑，到頭萬事俱空。」

童姥臨死之前，向到來救援的屬下吩咐，立了虛竹繼任為新的靈鷲宮主人。一個大男人手下是「全女班」，於金庸筆下倒是以虛竹為第一次。《笑傲江湖》令狐沖當上恆山派掌門，還算第二次呢！所不同者，是虛竹一戇直少年做了全俗家女子的頭子；令狐沖則是一個浪子做了尼姑的首領。

第三十八回　「胡塗醉　情長計短」

這回寫靈鷲宮新主人虛竹子先生平亂之後，與「好管閒事」的段公子段譽一起飲酒。兩個獃子（作者說：「兩人各有一份不通世故的獃氣。」）各自思念情人，一個是意中人心有所屬（王語嫣眼中只有慕容復），一個則是不知情人身在何方（夢姑的真正身份尚未揭露），「情長」偏逢「計短」，唯有同赴醉鄉。

難得小段皇爺誤會虛竹也看上了王姑娘，竟然不生氣吃醋！

小段皇爺先前因為飲酒與喬幫主拜把子，這回也是為狂飲而與虛竹子拜把子，還拿不知情的喬大哥都拜在一起。

這一回的武打場面，用拱雲托月的筆法突出了虛竹的武功。卓不凡、崔綠華和不平道人不相伯仲，此前不平道人只以「憑虛御風」輕功就震懾三十六洞七十二島主人。但是在虛竹的神功跟前，不平道人竟然不堪一擊。現在卓不凡和崔綠華聯手，在百眾眼前給虛竹輕易「繳械」。

第三十九回　「解不了　名韁繫嗔貪」

正寫的是鳩摩智要以一之力挑了少林，側寫的卻是江湖上赫赫有名的「降龍羅漢」神山上人，解不開六十年前被拒於少林山門之外的舊恨。還有遠自天竺到少林盜經的哲羅星、波羅星師兄弟。嗔與貪，和先前提過的癡，合為三毒。

第四十回　「卻試問　幾時把癡心斷」

這回寫虛竹與新近學成的逍遙派內勁神功，以少林最粗淺入門的羅漢拳、韋陀掌跟鳩摩智似是而非的少林七十二門絕技放對。金庸描寫的，無非是一個虛構的武學世界，但是他能夠在自己設定的規矩中求變，於是一個不會中國武打技擊的文人，就能講演不太違反中華武術大原則的打鬥場面。

虛竹對少林派、佛家出家眾戒律的綣戀是癡，但是各有各的緣法、各有各的福報，此際沒有出家的條件，二十多年修法學佛於少年，始終要劃上休止符。

第二節 《洞仙歌》詞牌

《洞仙歌》詞牌，本為唐教坊曲名，後作詞牌名。據中國常見的民間傳說，仙人好入深山居於洞壑，故通稱洞仙，洞仙又泛指道教成仙之人。虛竹是逍遙派掌門，逍遙兩字，當出自《莊子・逍遙遊》。此所以「小查詩人」挑《洞仙歌》詞牌以詠虛竹之事。

《洞仙歌》變格甚多，有八十三字、八十二字的不同句式。本格八十三字，上片三仄韻，下片也是三仄韻。

再重溫一下這《天龍八部》第四冊回目：

金庸《洞仙歌》

輸贏成敗，又爭由人算。且自逍遙沒誰管。奈天昏地暗，斗轉星移。風驟急，縹緲峰頭雲亂。

紅顏彈指老，剎那芳華。夢裏真真語真幻。同一笑，到頭萬事俱空。胡塗醉，情長計短。解不了，名韁繫貪嗔。卻試問，幾時把癡心斷？

當中算、管、亂；幻、短、斷押韻。

清人舒夢蘭（一七五九至一八三五）《白香詞譜》是學詞的入門讀物，書中收錄了蘇軾的《洞仙歌・夏夜》，順便拈來與讀者分享：

冰肌玉骨，自清涼無汗。水殿風來暗香滿。繡簾開、一點明月窺人，人未寢、攲枕釵橫鬢亂。

起來攜素手，庭戶無聲，時見疏星渡河漢。試問夜如何、夜已三更，金波淡，玉繩低轉。但屈指、西風幾時來，又不道流年、暗中偷換。

句式的差異是個別句子的句讀不一樣。上片有：

奈天昏地暗，斗轉星移。（金詞前五後四）

繡簾開、一點明月窺人。（蘇詞前三後六）

下片則有：

同一笑，到頭萬事俱空。（金詞前三後六）

試問夜如何、夜已三更。（蘇詞前五後四）

還有：

卻試問，幾時把癡心斷？（金詞前三後六）

又不道流年、暗中偷換。（蘇詞前五後四）

蘇詞的韻腳是汗、滿、亂；漢、轉、換押韻。

第五章 《天龍八部詞》之五《水龍吟》

燕雲十八飛騎，奔騰如虎風煙舉。
老魔小醜，豈堪一擊，勝之不武。
王霸雄圖，血海深恨，盡歸塵土。
念枉求美眷，良緣安在？
枯井底，污泥處。

酒罷問君三語，
為誰開，茶花滿路？
王孫落魄，怎生消得，楊枝玉露？
敝屣榮華，浮雲生死，此身何懼！
教單于折箭，六軍辟易，奮英雄怒！

金庸《水龍吟》

第一節 龍吟虎嘯《水龍吟》

五首《天龍八部》以這首《水龍吟》最長，詞意也最為雄偉，真如龍吟虎嘯。詞牌用李白詩的典：「笛奏龍吟水，簫鳴鳳下空。」

蕭峰、虛竹、段譽三位結義兄弟在少室山少林寺山門大展威風，論內力和招術，蕭峰不及兩位把弟，但是臨陣時的氣勢，卻遠勝之。各回的回目也是詠蕭大哥的較為剛猛勇武，詠二弟三弟的較為滿載柔情。

龍的形像，金庸在《天龍八部》的釋名有介紹。但是龍在中國文化，還有帝皇的象徵意義。《天龍八部》第五冊，當時天下五國有四國的君皇都有戲份，包括中原宋哲宗，北有大遼耶律洪基，西有西夏，南有大理。獨欠吐蕃國主，不過也有宗贊王子出場。

第四十一回 「燕雲十八飛騎 奔騰如虎烽煙舉」

回目兩句，寫遼國南院大王楚王蕭峰帶同一十八位契丹武士闖少林，語帶相關，以大遼的立場，佔了燕雲十八州是宣揚國威的好材料。這裡虎不是說馬，乃是喻人，金庸說「人似虎，馬如龍」：

> 但聽得蹄聲如雷，十餘乘馬疾風般卷上山來。馬上乘客一色都是玄色薄氈大氅，里面玄色布衣，但見人似虎，馬如龍，人既矯捷，馬亦雄駿，每一匹馬都是高頭長腿，通體黑毛，奔到近處，群雄眼前一亮，金光閃閃，卻見每匹馬的蹄鐵竟然是黃金打就。來者一共是一十九騎，人數雖不甚多，氣勢之壯，卻似有如千軍萬馬一般，前面一十八騎奔到近處，拉馬向兩旁一分，最後一騎從中馳出。
>
> 《天龍八部》第四十一回〈燕雲十八飛騎　奔騰如虎烽煙舉〉

倪匡的金學研究較少引用小說原文，這是其中一次，用意是說明金庸的敘事妙筆。不過亦提出兩個小瑕疵。一是「乘客」二字稍弱；二是純黃金太軟，不可能用作馬蹄鐵。「馬上乘客」一語未善，交給潘某人潤飾，會用「鞍上人」。

金庸將這次盛會寫成整個中原武林的精英都盡薈於此！

一上場蕭峰以「降龍十八掌」力抗丁春秋、慕容復、游坦之三大絕頂高手。

說到這樣以寡敵眾，只有《神鵰俠侶》寫郭靖帶了楊過造訪蒙古大營，離去時被金輪法王

（新三版改為「金輪國師」）、瀟湘子、尼摩星和尹克西圍攻，此外還有個武功較低、不起作用的馬光佐（新三版改為麻光佐）。當然還有意圖乘機一報「殺父之仇」的楊過。兩次大戰不同之處，是郭靖那回只金輪法王是絕頂高手，其他人都差了一截，而且郭靖一出手就重傷尹克西。微妙處倒是楊過穿插其中，時而為敵、時而為友。

蕭峰雖然勇武，以一敵三終始不能長久。

然後虛竹以逍遙派的武功對付丁春秋，全無困難。遊坦之內力雖然強過蕭峰，但是拳腳上的功夫太差勁，一到段譽等人合鬥慕容復。蕭遊變為單打獨鬥，捱不了多久就給打斷一雙狗腿。

第四十二回　「老魔小醜　豈堪一擊　勝之不武」

老魔是丁春秋，小醜是遊坦之。

蕭峰輕易打敗游坦之，所以說「豈堪一擊」。

「勝之不武」卻要從另一個角度去理解，平常的用法是指強弱懸殊，打敗了太差勁的對手也沒有甚麼了不起。這裡卻是指慕容復人品太低，打不過段譽，靠王語嫣求情才得以活命，卻去恩將仇報。所以蕭峰一招得手，罵道：「蕭某大好男兒，竟和你這種人齊名！」蕭峰一招「老鷹捉小雞」，也可以說有點「勝之不武」吧！

蕭峰、虛竹、段譽三位異姓兄弟，各自打敗了游坦之、丁春秋和慕容復。輪到黑依僧和灰衣僧出場，許多前事的伏筆都一一水落石出。

「帶頭大哥」是少林方丈玄慈！

蕭峰的生父蕭遠山、慕容復的父親慕容博都再次出世。慕容博正是當年虛報契丹武士來襲之人，原來他要復興亡國已久的大燕。

更驚人的，是虛竹父母竟然是玄慈大師和四大惡人的葉二娘！虛竹與父母緣薄，相認不久他們就自殺而死。

第四十三回　「王霸雄圖　血海深恨　盡歸塵土」

這回寫少林寺藏經閣的無名老僧點化蕭遠山和慕容博，「王霸雄圖」和「血海深恨」分別是慕容博和蕭遠山的心結，兩人由生到死，由死到生，一個不再興復大燕，一個不再報復妻仇。

這回金庸不忘「破孽化癡」，請來少林無名老僧說法，大談「武學障」、「知見障」。

第四十四回　「念枉求美眷　良緣安在」

回目兩句，正寫段譽對王語嫣的單相思，側寫虛竹思念那未曾見過面的愛人「夢姑」，虛竹誤會鍾靈可能是夢姑的一節寫得尤為幽默，虛竹很想摸摸面龐、摟摟纖腰，卻又不敢造次。

西夏公主要招駙馬，段正淳命段譽去爭，希望憑政治婚姻為大理國招個強力的外援。木婉清又再出場，告訴了鍾靈兩人都是段正淳的私生女。

第四十五回　「枯井底　污泥處」

這回故事本來是我輩擁護小段皇爺的讀者百讀不厭的一回。可惜小查詩人在新三版改動神仙姊姊的性格，又定一個叫千千萬萬段王迷傷心難過的結局。雖然小查詩人是我的朋友，但這事我決計不能原諒他！

第四十六回　「酒罷問君三語」

寫皇天不負有心人，中原武林的「第一風流浪子」、「玉面郎君武潘安」夢郎虛竹，終於得與「端麗秀雅、無雙無對」的西夏公主夢姑劫後重逢。

第四十七回　「為誰開　茶花滿路」

這回寫段家的大對頭人原來不是指天下第一惡人「惡貫滿盈」段延慶，而是王語嫣的媽媽王夫人！她原本要捉段老狗段正淳，卻誤擒「禽獸不如的色鬼，喪盡天良的浪子」段小狗段譽。

第四十八回　「王孫落魄　怎生消得　楊枝玉露」

這回非常血腥！

寫段正淳剃人頭者人亦剃其頭，他不斷偷人家的老婆，結果在身邊的兒子卻是對頭人的骨肉。段延慶重傷之中「播種」，早為論者所譏，不過讀者看故事，實也不宜過於「理性」。

死了些甚麼人？

先前南海鱷神殺死了大理國的護衛古篤誠，現在岳老三又因不聽段老大的話給段老大殺了。接下來慕容復也殺了不聽話的包不同，再大開殺戒，殺了阿朱阿紫的生母阮星竹、木婉清的生母秦紅棉、鍾靈的生母甘寶寶，最後連舅媽王夫人（即王語嫣的生母）也一劍刺死！

正當慕容復要加害段譽的媽媽鎮南王妃，段譽忽然掙脫了束縛，以更強的內力運使六脈神劍，打得慕容復落荒而逃。然後就是段正淳和刀白鳳夫婦先後自殺。段譽得知段延慶才是自己生父，養父段正淳既死，就讓生父離開。

最後是雲中鶴給巴天石一刀兩段。

段譽的身世大白，段正明已削髮為僧，於是傳位給名義上是段正淳的兒子、實際上是段延慶親生的段譽。

第四十九回　「敝屣榮華　浮雲生死　此身何懼」

回目寫蕭峰不畏皇帝義兄的脅迫，寧死不願助紂為虐領大軍南侵大宋。榮華富貴，視若浮雲，輕如敝屣，生生死死，勇者何懼？

第五十回　「教單于折箭　六軍辟易　奮英雄怒」

單于指蕭大王的義兄耶律洪基，被迫折箭為誓，終生不得南侵。相傳周制天子帥六軍，蕭峰、虛竹、段譽三位武功蓋世的英雄，令大遼六軍退避，止戈為武。

最後大英雄怒而自戕，以示清白。因為他一生最受不得人冤枉，可是結義兄長卻以賣國重罪相誣，英雄無路，只得以鮮血洗淨自己的名譽。惜哉！痛哉！

這回還要借少林派玄渡大師來講道理，《天龍八部》寫少林寺玄字輩高僧甚多，總是死之不盡。玄渡是拈花指高手，早年還曾對虛竹「十分親切」。玄渡與蕭大王有一番對話：

玄渡嘆了口氣，說道：「只有普天下的帝王將軍們都信奉佛法，以慈悲為懷，那時才不會再有征戰殺伐的慘事。」蕭峰道：「可不知何年何月，才會有這等太平世界。」

《天龍八部》第五十回〈教單于折箭　六軍辟易　奮英雄怒〉

回目只講幾個男主角的功業，卻不提女主角的歸宿，所以「小查詩人」改了結果也不影響回目。

第二節　《水龍吟》詞牌

《水龍吟》詞牌變格也甚多，金庸所用的共一百零二字，上片五十二字四仄韻，下片五十字五仄韻：

金庸《水龍吟》

燕雲十八飛騎，奔騰如虎風煙舉。老魔小醜，豈堪一擊，勝之不武。王霸雄圖，血海深恨，盡歸塵土。念枉求美眷，良緣安在？枯井底，污泥處。

酒罷問君三語。為誰開，茶花滿路？王孫落魄，怎生消得，楊枝玉露？敝屣榮華，浮雲生死，此身何懼！教單于折箭，六軍辟易，奮英雄怒！

共是舉、武、土、處；語、路、露、懼、怒押韻。

《白香詞譜》收錄張炎的《水龍吟．蓮花》，格式相同：

仙人掌上芙蓉，涓涓猶滴金盤露。輕妝照水，纖裳玉立，飄飄似舞。幾度消凝，滿湖煙月，一汀鷗鷺。記小舟夜悄，波明香遠，渾不見、花開處。

應是浣紗人妒。褪紅衣、被誰輕誤。閒情淡雅，冶姿清潤，憑嬌待語。隔浦相逢，偶然傾蓋，似傳心素。怕湘皋佩解，綠雲十里，卷西風去。

共是露、舞、鷺、處；妒、誤、語、素、去押韻。

第三節　後話：金庸小說自殺特多

屈指一數，金庸小說自殺的案例特多！

《天龍八部》散場的一幕，有蕭峰、阿紫和游坦之先後自殺。

《書劍恩仇錄》，有雪鵰關明梅，香香公主喀絲麗。

《碧血劍》，有夏青青的母親溫儀，李岩和紅娘子。

《射鵰英雄傳》，有楊鐵心、包惜弱夫婦，丐幫的黎生和余兆興，郭靖七師父韓小瑩和母親李萍。舊版還有穆念慈為楊過殉情，楊過則為秦南琴所生。修訂二版刪了秦南琴，穆念慈改成楊過生母，就不用自殺了。

《神鵰俠侶》，有公孫綠萼等於自殺，小龍女、楊過、郭襄都先後跳崖，卻全死不去。

《倚天屠龍記》，有張翠山、殷素素夫婦，陽頂天夫人。滅絕師太則等同自殺。

《天龍八部》，有丐幫的小腳色李春來、劉竹莊，游驥、游駒兄弟，大理四大護衛之一褚萬里等同自殺，譚公，玄慈、葉二娘，段正淳、刀白鳳，蕭峰、阿紫、游坦之。王語嫣也先跳崖、後跳井，也是死不去。

《俠客行》，有梅芳姑，她是主角石破天的養母，丁不四和梅文馨之女。

《笑傲江湖》，有華山派岳夫人寧中則，令狐沖的師娘。

《雪山飛狐》《飛狐外傳》，有胡夫人，程靈素差不多等同自殺。

《白馬嘯西風》，有李文秀之母、金銀小劍三娘子上官虹。

《鴛鴦刀》、《連城訣》、《越女劍》則無。

金庸小說自殺的人甚多，卻不曾聽見過，有人讀了金庸小說之後尋死。

這個可能是金庸學研究的一個有趣小課題。

第六章 《天龍八部》詩詞巡禮

詩贈最好的朋友（《天龍八部》第六回）

一：以詩言志

仗劍行千里，微軀敢一言。曾為大梁客，不負信陵恩。

王昌齡《答武陵田太守》

映門淮水綠，留騎主人心。明月隨良椽，春潮夜夜深。

王昌齡《送郭司倉》

中原初逐鹿，投筆事戎軒。縱橫計不就，慷慨志猶存。
杖策竭天子，驅馬出關門。請纓繫南粵，憑軾下東藩。
鬱紆陟高岫，出沒望平原。古木鳴寒鳥，空山啼夜猿。
既傷千里目，還驚九折魂。豈不憚艱險，深懷國士恩。

季布無二諾，侯嬴重一言。人生感意氣，功名誰複論。

魏徵《述懷》

二：拍馬屁的武官

《天龍八部》以蕭峰、虛竹、段譽三位結義兄弟為主角，當中又以三弟段譽貫串全書，戲份最重，是主角中的主角。但段譽在與兩位義兄結交之前，卻以朱丹臣為「最好的朋友」。大理眾臣工與四大惡人交手，留下朱丹臣守護，他在巖石後讀書，知道段譽和木婉清卿卿我我，高聲吟誦王昌齡《答武陵田太守》的首兩句，再背誦全詩，評之「倜儻慷慨，真乃令人傾倒」，段譽便以《送郭司倉》回應，並說這詩「綢繆雅致」：

段譽和木婉清適才一番親密之狀、纏綿之意，朱丹臣盡皆知聞，只是見段譽臉嫩害羞，便用王昌齡的詩句，岔開了。他所引『曾為大梁客』云云，是說自當如侯嬴、朱亥一般，以死相報公子。段譽所引王昌齡這四句詩，卻是說為主人者對屬吏深情誠厚，以友道相待。兩人相視一笑，莫逆於心。

木婉清不通詩書，心道：「這書獃子忘了身在何處，一談到詩文，便這般津津有味。這個武官卻也會拍馬屁，隨身竟帶著本書。」她可不知朱丹臣文武全才，平素耽讀詩書。

段譽轉過身來，說道：「木……木姑娘，這位朱丹臣朱四哥，是我最好的朋友。」……

《天龍八部》第六回〈誰家子弟誰家院〉

侯嬴、朱亥的故事，在金庸另一名著《俠客行》有介紹。大理眾臣工之中，以朱丹臣最會讀書，自然可以跟當時仍是偃武修文的公子爺成為好朋友。

三：述懷的下半

段譽與木婉清私訂終身，還想擺脫「最好的朋友」，卻避不過老江湖的耳目，朱丹臣便以〈述懷〉的下半來含蓄地勸導：

段譽道：「這是魏徵的『述懷』吧？」朱丹臣笑道：「公子爺博覽群書，佩服佩服。」

段譽明白他所以引述這首詩，意思說我半夜裡不辭艱險的追尋於你，為的是受了你伯父和父親大恩，不敢有負托付；下面幾句已在隱隱說他既已答允回家，說過了的話可不能不算。

木婉清過去解下馬匹韁繩，說道：「到大理去，不知我們走的路對不對？」朱丹臣道：「左右無事，向東行也好，向西行也好，終究會到大理。」昨日他讓段譽乘坐三匹馬中腳力最佳的一匹，這時他卻拉到自己身邊，以防段木二人如果馳馬逃走，自己盡可追趕得上。

《天龍八部》第六回〈誰家子弟誰家院〉

朱丹臣念這首〈述懷〉，將前半不可用的棄去，由第十一句開始。魏徵是唐太宗三鑑之一，「以銅為鑑，可正衣冠；以古為鑑，可知興替；以人為鑑，可明得失。朕嘗保此三鑑，內防己過．今魏徵逝，一鑑亡矣。」

季布是楚人，在項羽麾下，於楚漢相爭時多次讓漢高祖劉邦失利。及至項羽敗亡，高祖便出千金之賞務求捕得季布，有敢匿藏者罪及三族。後來怕將季布迫得太緊，跑去北胡或南越，資敵國而成禍患，便免了季布的「罪」。其是楚人有諺曰：「得黃金百，不如得季布一諾。」魏徵便是用這個典與侯嬴並列。

金庸小說非常典雅而絕非「通俗」，我們如果留心書中的人物、情節、對白，當可以知實以匠心經營，寫段譽一個讀書人與朱丹臣一個文武雙全的儒將，在木姑娘跟前以「暗語」對答，倒也有趣。

夫婿輕薄兒……那聞舊人哭（《天龍八部》第七回）

一：《佳人》幽谷客

絕代有佳人，幽居在空谷。自云良家子，零落依草木。
關中昔喪亂，兄弟遭殺戮。官高何足論，不得收骨肉。
世情惡衰歇，萬事隨轉燭。夫婿輕薄兒，新人美如玉。
合昏尚知時，鴛鴦不獨宿。但見新人笑，那聞舊人哭。
在山泉水清，出山泉水濁。侍婢賣珠回，牽蘿補茅屋。
摘花不插鬢，採柏動盈掬。天寒翠袖薄，日暮倚修竹。

杜甫《佳人》

二・師父媽媽

段正淳始亂終棄，教秦紅綿未婚有孕，生下了木婉清而成為「單親媽媽」。她一人獨力撫養，卻不肯認自己未婚生女，自號「幽谷客」：

段正淳臉上滿是痛苦之色，嘶啞著聲音道：「我……我對不起你師父。婉兒，你……」木婉清道：「為什麼？我瞧你這個人挺和氣、挺好的啊。」段正淳道：「你師父的名字，她沒跟你說麼？」木婉清道：「我師父說她叫作『幽谷客』，到底姓什麼，叫什麼，我便不知道了。」段正淳喃喃的道：「幽谷客，幽谷客……」驀地裡記起了杜甫那首『佳人』詩來，詩句的一個個字似乎都在刺痛他心：「絕代有佳人，幽居在空谷。自云良家子，零落依草木……夫婿輕薄兒，新人美如玉……但見新人笑，那聞舊人哭……」

過了半晌，又問：「這許多年來，你師父怎生過日子？你們住在那裡？」木婉清道：「我和師父住在一座高山背後的一個山谷裡，師父說那便叫作幽谷，直到這次，我們倆才一起出來。」段正淳道：「你的爹娘是誰？你師父沒跟你說過麼？」木婉清道：「我師父說，我是個給爹娘遺棄了的孤兒，我師父將我從路邊撿回來養大的。」段正淳道：「你恨你爹娘不恨？」木婉清側著頭，輕輕咬著左手的小指頭兒。

《天龍八部》第七回〈無計悔多情〉

金庸挑選了杜甫這首《佳人》，就是要點明「良家子」錯配「輕薄兒」。秦紅綿便教女兒不可信男人的話：

段譽心道：「先前我在她面前老是自稱大丈夫，她可見了怪啦，說不得，為了救鍾姑娘一命，只好大丈夫也不做了。」說道：「我不是男子漢大丈夫，我……我是全靠姑娘救了一條小命的可憐虫。」

那女郎嗤的一聲笑，向他打量片刻，說道：「你對鍾靈這小鬼頭倒好。昨晚你寧可性命不要，也是非充大丈夫不可，這會兒居然肯做可憐虫了。哼，我不去救鍾靈。」段譽急道：「那……那又為什麼啊？」那女郎道：「我師父說，世上男人就沒一個有良心的，個個都會花言巧語的騙女人，心裡淨是不懷好意。男人的話一句也聽不得。」段譽道：「那也不盡然啊，好像……好像……」一時舉不出什麼例子，便道：「好像姑娘的爹爹，就是個大大的好人。」那女郎道：「我師父說，我爹爹就不是好人！」

《天龍八部》第三回〈馬疾香幽〉

話雖如此，木婉清生平第一次與年青男子相處，卻是很欣賞這個「名譽極壞」、不會武功卻常常充大丈夫的獃子。見到段譽對鍾靈情深義重，還常常吃醋呢！

段正淳情一眾婦姘頭之中，以秦紅綿思想最單純，容易受人唆擺哄騙：

段正淳道：「紅棉，你真的就此捨我而去嗎？」說得甚是淒苦。

秦紅棉語音突轉柔和，說道：「淳哥，你做了幾十年王爺，也該做夠了。你隨我去吧，從今而後，我對你千依百順，決不敢再罵你半句，打你半下。這樣可愛的女兒，難道你不疼惜麼？」段正淳心中一動，衝口而出，道：「好，我隨你去！」秦紅棉大喜，伸出右手，等他來握。

忽然背後一個女子的聲音冷冷的道：「師姊，你……你又上他當了。他哄得你幾天，還不是又回來做他的王爺。」段正浪心頭一震，叫道：「寶寶，是你！你也來了。」

《天龍八部》第七回〈無計悔多情〉

二・在山泉水清，出山泉水濁

秦紅綿性格比較直率急躁，木婉清深得母親遺傳。秦紅綿打罵「段老狗」實不能傷他分毫；木婉清打罵「段小狗」，卻教他大吃苦頭。這「老狗」與「小狗」是後來王語嫣的生母王夫人阿蘿編派的罪名。

金庸只錄了《佳人》詩中合用的幾句，其他內容不切合秦紅綿的人物性情，便棄而不用。古代詩人經常以美女來比喻德才兼備的賢人，論者謂這首《佳人》正是杜甫自抒抱負之作。後八句寫佳人隱居後的境況，諸般景物都可以理解為別有暗喻。

杜甫一生人在政治上並不得志，「山出泉水清，出山泉水濁」兩句，以泉水喻人格，賢人不得用世而隱居深山幽谷，出山入仕的卻是濁世庸人。最後兩句寫佳人生活清貧，詩人本身也是送窮無術。竹有節，則代表有節氣的君子。

邂逅十二分溫柔（《天龍八部》第十一回）

一：江南好！

波渺渺，柳依依。孤村芳草遠，斜日杏花飛。
江南春盡離腸遠，蘋滿汀洲人未歸。

寇準《江南春》

菡萏香連十頃陂，小姑貪戲采蓮遲。晚來弄水船頭濕，更脫紅裙裹鴨兒。

皇甫松／張耒《采蓮子》

二社良辰，千家庭院，翩翩又睹雙飛燕。鳳凰巢穩許為鄰，瀟湘煙瞑來何晚？
亂入紅樓，低飛綠岸，畫梁時拂歌塵散。為誰歸去為誰來？主人恩重珠簾卷。

陳堯佐《踏莎行》

二：素手剝紅菱

段譽匹夫無罪、懷璧其罪，因為記得祖傳的《六脈神劍譜》，被鳩摩智用計擒住，自大理虜到蘇州。說要到慕容博的墳前將活生生的劍譜燒了致祭，其實一則想脅迫段譽默寫劍譜，二則想到慕容家的還施水閣看書。

段譽生性豁達，胸襟寬廣：

「……將心一橫，也不去多想，縱目觀看風景。這時正是三月天氣，杏花夾徑，綠柳垂湖，暖洋洋的春風雖在身上，當真是醺醺欲醉。段譽不由得心懷大暢，脫口吟道：『波渺渺，柳依依，孤村芳草遠，斜日杏花飛。』」

《天龍八部》第十一回〈從此醉〉

金庸很善於利用前人詩詞，將段譽縱目所見，設計成寇準詞中所述的一樣。試想段譽要是有這樣的才學，一見「杏花夾徑，綠柳垂湖」便可以脫口吟得出寇準這詞的頭四句，那麼其人腹笥之廣，就叫人不得不欽服了。後二句卻不合用，因段譽並無離愁，不盼人歸，所以金庸只好割愛。

接下來便是綠波之上，得聆綠衫少女的歌聲，心魂俱醉。這詩的作者鬧了雙胞。一說是唐朝皇甫松所作，一說是北宋張耒（一五〇四至一一一四）所作。皇甫松生卒年不詳，其父皇甫湜與韓愈同時，曾有詩作答和。張耒則是「蘇門四學士」之一。

菡萏、蓮、荷等花對於我們不識花之人，是分不清的。原詩是「船頭濕」，那小姑便用裙裹鴨，阿碧唱的卻是「船頭灘」。鴨的羽毛防水，所以俗語「水過鴨背」是說人學的、聽的，一觸即忘，不留痕跡。阿碧「滿臉都是溫柔，滿臉都是秀氣」，「纖手皓膚如玉」，「八分容貌」，「十二分溫柔」，「不遜於十分人才的美女」。

這《采蓮子》是阿碧清唱，再下來用崔百泉的金算盤、過彥之的軟鞭作樂器伴奏，便唱陳堯佐的《踏莎行》。金庸又再因詞設景，先派兩隻燕子過場，再要段譽心想慕容家在燕子塢。金庸點這詞給阿碧來唱，就是為了最後兩句：「為誰歸去為誰來，主人恩重珠簾捲。」

段譽是個知音的雅人，聽了仙樂，還再加美人素手剝菱，親手放在公子爺的掌中。紅菱如曲，若得「十二分溫柔」相伴，則「聽歌吃菱」，一輩子不出湖也不錯呀！

喬幫主遺物（《天龍八部》第十六回）

一：塞下曲

朔雪飄飄開雁門，平沙歷亂卷蓬根。功名恥計擒生數，直斬樓蘭報國恩。

張仲素〈塞下曲五首〉之二

二：配詩以圖

金庸挑這首詩的原因，似乎首句的雁門兩字與及末句，雁門關一役，改變了蕭峰一生。汪幫主題的詩，配以徐長老的圖：

眾人向徐長老看去，只見他將那物事展了開來，原來是一柄摺扇。徐長老沉着聲音，念著扇面上的一首詩道：

「朔雪飄飄開雁門，平沙歷亂捲蓬根；功名恥計擒生數，直斬樓蘭報國恩。」

喬峰一聽到這首詩，當真是一驚非同小可，凝目瞧摺扇時，見扇面反面繪着一幅壯士出塞殺敵圖。這把扇子是自己之物，那首詩是恩師汪劍通所書，而這幅圖畫，便是出於徐長老手筆，筆法雖不甚精，但一股俠烈之氣，卻隨著圖中朔風大雪而更顯得慷慨豪邁。這把扇子是他二十五歲生日那天恩師所贈，他向來珍視，妥為收藏，怎麼會失落在馬大元家中？何況他生性洒脫，身上決不攜帶摺扇之類的物事。

《天龍八部》第十六回〈昔時因〉

汪幫主將一個契丹人的孩子栽培成為反契丹的丐幫幫主，以「直斬樓蘭報國恩」期許，要「樓蘭之子」去報敵國之恩，終於造成一齣壯烈的悲劇。汪劍通若得與愛徒泉下重會，不知有沒有面目相見？

李白詩亦多用「斬樓蘭」一語，樓蘭是西域小國，漢時是通往西域的要衝，地處漢與匈奴間，在兩強的夾縫之中，事漢則受匈奴斬，事匈奴則受漢斬，苦不堪言。漢昭帝時改名鄯善，其地即今日新疆省的鄯善縣東南。

這柄扇最後會落在誰人之手呢？

二：全套故事

張仲素是唐憲宗時的翰林學士，生卒年不詳。這首詩是五首《塞下曲》之二，詩意很淺白，金庸已有解說。五首依次是：

三戍漁陽再渡遼，騂弓在臂劍橫腰。匈奴似若知名姓，休傍陰山更射鵰。
朔雪飄飄開雁門，平沙歷亂卷蓬根。功名恥計擒生數，直斬樓蘭報國恩。
獵馬千行雁幾雙，燕然山下碧油幢。傳聲漠北單于破，火照旌旗夜受降。
隴水潺湲隴樹秋，征人到此淚雙流。鄉關萬里無因見，西戍河源早晚休。
陰磧茫茫塞草肥，桔槔烽上暮雲飛。交河北望天連海，蘇武曾將漢節歸。

第一首的末句最有氣勢，勁弓利劍，教匈奴不得在陰山射鵰。騂是赤紅色。

第二首說戰，第三首受降，第四首筆鋒一轉，承接受降的風光，原來背後盡是征人淚。河源指黃河源。

最後一首以蘇武作結。蘇武在漢武帝時出使匈奴，被扣留十九年，放逐到無人之處，留下蘇武牧羊的故事。

相見時稀隔別多！（《天龍八部》第二十三回）

一：《少年游》

含羞倚醉不成歌，纖手掩香羅。偎花映燭，偷傳深意，酒思入橫波。
看朱成碧心迷亂，翻脈脈、斂雙蛾。相見時稀隔別多。又春盡、奈愁何？

張耒《少年遊》

二・筆跡鑑證

馬夫人康敏一心要害段正淳，結果陰差陽錯，變成阿朱自作聰明的錯去代父填命。蕭峰失手打死了阿朱之後，心灰意懶之極，終於決定一死殉情，這首《少年遊》卻救了他一命：

……目光所到之處，只見壁間懸著一張條幅，寫得有好幾行字，順著看下去：

「含羞倚醉不成歌，纖手掩香羅。偎花映燭，偷傳深意，酒思入橫波。看朱成碧心迷亂，翻脈脈，斂雙蛾。相見時稀隔別多。又春盡，奈愁何？」

他讀書無多，所識的字頗為有限，但這闋詞中沒什麼難字，看得出是一首風流艷詞，好似說喝醉了酒含羞唱歌，怎樣怎樣，又說相會時刻少，分別時候多，心裡發愁。他含含糊糊的看去，也沒心情去體會詞中說些什麼，隨口茫茫然的讀完，見下面又寫著兩行字道：

「書少年遊付竹妹補壁。星眸竹腰相伴，不知天地歲月也。大理段二醉後狂塗。」

蕭峰喃喃的道：「他倒快活。星眸竹腰相伴，不知天地歲月也。大理段二醉後狂塗。大理段二，嗯，這是段正淳寫給他情人阮星竹的，也就是阿朱她爹爹媽媽的風流事。怎地堂而皇之的掛在這裡，也不怕醜？啊，是了，這間屋子，段正淳的部屬也不會進來。」

……

……眼光又向壁上的條幅一瞥，驀地裡跳將起來，「啊喲」一聲叫，大聲道：「不對，不對！這件事不對！」

走近一步，再看條幅中的那幾行字，只見字跡圓潤，儒雅洒脫。他心中似有一個聲音在大聲道：「那封信！帶頭大哥寫給汪幫主的信，信上的字不是這樣的，完全不同。」

《天龍八部》第二十三回〈塞上牛羊空許約〉

於是乎，蕭峰便知道「帶頭大哥」不是段正淳：

他自從知道了「帶頭大哥」是段正淳後，心中的種種疑團本已一掃而空，所思慮的只是如何報仇而已，這時陡然間見到了這個條幅，各種各樣的疑團又湧上心頭：「那封書信若不是段正淳寫的，那麼帶頭大哥便不是他。如果不是他，卻又是誰？馬夫人為什麼要說假話騙人，這中間有什麼陰謀詭計？我打死阿朱，本是誤殺，阿朱為我而死卻是心甘情願。這麼一來，她的不白之冤之上，再加上一層不白之冤。我為什麼不早些見到這個條幅？可是這條幅掛圖在廂房之中，我又怎能見到？倘若始終不見，我殉了阿朱而死，那也是一了百了，為什麼偏偏早不見，遲不見，在我死前片刻又見到了？」

「北喬峰」確是心堅如鐵的男子漢，理智勝於感情，這樣蕭峰便不能一死殉情。

三・大理段二的少年遊

這「相見時稀隔別多」，正是段正淳對待情婦姘頭的寫照：

阮星竹聽到了腳步聲，卻分辨不出，一心只道是段正淳，叫道：「段郎，段郎！」快步迎出。阿紫跟了出來。

朱丹臣一躬到地，說道：「主公命屬下前來稟報，他身有急事，今日不能回來了。」

阮星竹一怔，問道：「什麼急事？什麼時候回來？」朱丹臣道：「這事與姑蘇慕容家有關，好像是發現了慕容公子的行蹤。主公萬里北來，為的便是尋找此人。主公言道：只待他大事一了，便來小鏡湖畔相聚，請夫人不用掛懷。」阮星竹淚凝於眶，哽噎道：「他總是說即刻便回，每一次都是三年、五年也不見人面。好容易盼得他來了，又……」

《天龍八部》第二十三回〈塞上牛羊空許約〉

阮星竹只是三年、五年的不見人面，已經是大大的優待，算是最為寵幸，其他像秦紅綿、甘寶寶、康敏等人，都是一別十多年。

在段二的芸芸情婦之中，只康敏的蕩婦性格最與段郎匹配，所以二人最放浪形骸，情話也最露骨，比起條幅高掛更「不怕醜」：

蕭峰再向窗縫中看去，只見馬夫人已坐在段正淳身旁，腦袋靠在他肩頭，全身便似沒了幾根骨頭，自己難以支撐，一片漆黑的長髮披將下來，遮住了段正淳半邊臉。她雙眼微開微閉，只露出一條縫，說道：「我當家的為人所害，你總該聽到傳聞，也不趕來瞧瞧我？我當家的已死，你不用再避什麼嫌疑了吧！」語音又似埋怨，又似撒嬌。

段正淳笑道：「我這可不是來了麼？我一得訊息，立即連夜動身，一路上披星戴月、馬不停蹄的從大理趕來，生怕遲到了一步。」馬夫人道：「怕什麼遲到了一步？」段正淳笑道：「怕你熬不住寂寞孤單，又去嫁了人。我大理段二豈不是落得一場白白的奔波？教我十年相思，又付東流。」馬夫人啐了一口，道：「呸，也不說好話，編排人家熬不住寂寞孤單，又去嫁人？你幾時想過我了，說什麼十年相思，不怕爛了舌根子。」

段正淳雙臂一收，將她抱得更加緊了，笑道：「我要是不想你，又怎會巴巴的從大理趕來？」馬夫人微笑道：「好吧，就算你也想我。段郎，以後你怎生安置我？」說到這裡，伸出雙臂，環抱在段正淳頸中，將臉頰挨在他面上，不住輕輕的揉擦，一頭秀發如水波般不住顫動。

段正淳道：「今朝有酒今朝醉，往後的事兒，提他幹麼？來，讓我抱抱你，別了十年，你是輕了些呢，還是重了些？」說著將馬夫人抱了起來。

馬夫人道：「那你終究不肯帶我去大理了？」段正淳眉頭微皺，說道：「大理有什麼好玩？又熱又濕，又多瘴氣，你去了水土不服，會生病的。」馬夫人輕輕嘆了口氣，低聲道：

「嗯，你不過是又來哄我空歡喜一場。」段正淳笑道：「怎麼是空歡喜？我立時便要叫你真正的歡喜。」

《天龍八部》第二十四回〈燭畔鬢雲有舊盟〉

如此「不怕醜」的情話，也真的只能對康敏講，這「今朝有酒今朝醉」，正正是大理段二「不知天地歲月」「少年遊」的註腳，「酒思入橫波」的「舊盟」，與「往後的事兒」一樣處理，「提他幹麼」？

康敏不似段正淳其他情婦姘頭那般蠢笨，開門見山、單刀直入，便揭破了大理段二的臉皮。又春盡，奈愁何？

這「少年遊」詞牌，與第一冊回目的「少年遊」是同名的別格。有些詞牌只得一個格式，有些詞牌卻有多於一個的格式。此為一例。

何必珍珠慰寂寥（《天龍八部》第二十九回）

一：謝賜珍珠

桂葉雙眉久不描，殘妝和淚污紅綃。長門盡日無梳洗，何必珍珠慰寂寥。

江妃《謝賜珍珠》

二：桂葉與柳葉

金庸妙筆一揮，只用了短短幾百字，就將唐明皇與梅妃的故事扼要地融入武俠小說的人物情節之中，混然天成。既介紹了詩話，又增加了懸疑：

各人屏息凝神，又過了一頓飯時分，忽聽得東邊有個女子的聲音唱道：「柳葉雙眉久不描，殘妝和淚污紅綃。長門自是無梳洗，何必珍珠慰寂寥？」歌聲柔媚婉轉，幽婉淒切。那聲音唱完一曲，立時轉作男聲，說道：「啊喲卿家，寡人久未見你，甚是思念，這才賜卿一斛珍珠，卿家收下了吧。」那人說完，又轉女聲道：「陛下有楊妃為伴，連早朝也廢了，幾時又將我這薄命女子放在心上，喂呀……」說到這裡，竟哭了起來。

虛竹等少林僧不熟世務，不知那人忽男忽女，以搗什麼鬼，只是聽得心下不勝淒楚。鄧百川等卻知那人在扮演唐明皇和梅妃的故事，忽而串梅妃，忽而串唐明皇，聲音口吻，唯肖唯妙，在這當口忽然來了這樣一個伶人，人人心下嘀咕，不知此人是何用意。

只那人又道：「妃子不必啼哭，快快擺設酒宴，妃子吹笛，寡人為你親唱一曲，以解妃子煩惱。」那人跟著轉作女聲，說道：「賤妾日夕以眼淚洗面，只盼再見君王一面，今日得見，賤妾死也瞑目了，別喂呀呃，呃……」

包不同大聲道：「孤王安祿山是也！兀那唐皇李隆基，你這胡塗皇帝，快快把楊玉環交了出來！」

外面那人哭聲立止，「啊」的一聲呼叫，似乎大吃一驚。

頃刻之間，四下裡又是萬籟無聲。

《天龍八部》第二十九回〈蟲豸凝寒掌作冰〉

讀者至此，一定給那個懸疑牽引著，如同鄧百川等人「心下嘀咕」，不知作者「是何用意」，原來唱曲人是個伶人打扮的高手。然後少不免有包不同與那函合八友針鋒相對，將這個二線腳色的人物性格進一步發揮。

梅妃姓江，名采蘋，莆田人，開元初入宮，因喜在居處植梅，唐明皇便戲稱她為「梅妃」。後來老皇帝徵了媳婦楊玉環入宮，梅妃便失寵了。唐人多以柳葉來詠美人的眉，白居易〈長恨歌〉就有「芙蓉如面柳如眉」之句，用桂葉詠眉就少得多，不知查詩人引江妃這唯一的傳世詩時，是記錯了還是故意改動？

三：多情天子憶梅妃

安史之亂起，楊貴妃死在馬嵬坡，唐明皇在亂後回到長安，這時已經是無權的太上皇，垂垂老矣的糟老頭兒，想起梅妃，才知道梅妃早已死在亂兵之中，有一詩首誌念：

憶昔嬌妃在紫宸，鉛華不御得天真。霜綃雖似當時態，爭奈嬌波不顧人。

明皇帝〈題梅妃畫真〉

項羽與劉邦的「招牌歌」（《天龍八部》第二十九回）

一：兩首短歌

力拔山兮氣蓋世。時不利兮騅不逝。
騅不逝兮可奈何。虞兮虞兮奈若何。

項羽《垓下歌》

大風起兮雲飛揚。
威加海內兮歸故鄉。
安得猛士兮守四方。

劉邦《大風歌》

二：李傀儡鬥包不同

《天龍八部》第二十九回寫姑蘇慕容四大家將連同少林和尚，與逍遙派函谷八友邂逅。事緣少林、慕容兩家不敵星宿老怪丁春秋，傷病者要找大夫治療，便在名為「神醫」而醫術平庸的薛慕華家中大打出手：

那戲子喘了口氣，粗聲唱道：「雖不逝兮可奈何，虞兮虞兮奈若何？」忽然轉作女子聲音，嬌嬌滴滴的說道：「大王不必煩惱，今日垓下之戰雖然不利，賤妾跟著大王，殺出重圍便了。」

包不同喝道：「直娘賊的楚霸王和虞姬，快快自刎，我乃韓信是也。」縱身伸掌，向那戲子肩頭抓去。那戲子沉肩躲過，唱道：「大風起兮云飛揚，安得……啊唷，我漢高祖殺了你韓信。」左手在腰間一掏，抖出一條軟鞭，劇的一聲，向包不同抽去。

《天龍八部》二十九回〈虫豸凝寒掌作冰〉

「非也非也」包不同一生喜歡反拗，與函谷八友拌嘴，八友的老八李傀儡竟然唱出〈垓下歌〉，口采不甚妙。包不同出動西楚霸王項羽的剋星韓信，李傀儡又再「變招」，請出中國歷史上第一位由平民崛起為天子的漢高祖劉邦對付韓信。包不同不讀書，記不清史事，就愛胡說八道。

三：學韓信學得一半

小查詩人引項羽和劉邦的「招牌歌」，卻故意支離破碎。項羽一生無敵，軍事一流，政治卻屬九流。最後被諸侯聯軍重重包圍於垓下，兵少食盡，敗勢已成。一夜漢軍皆歌楚聲，以瓦解楚軍鬥志，即是「四面楚歌」的典故。結果項羽鬥志亦失，便有這《垓下歌》。美人虞姬的戲份原本甚少，後來京劇有《霸王別姬》的劇目。近年電視電影更加油添醋，加重女主角的戲份，甚至有鋪演成劉邦加入戰團作三角戀愛之勢。

包不同後來終於學了韓信，死在慕容復掌底，卻不是功臣，因為大燕未能中興，只學了一半。而韓信亦非劉邦直接下令所殺，乃由呂后代行。《大風歌》之作，亦在消滅項羽勢力之後。

月出皎兮，佼人僚兮（《天龍八部》第三十四回）

一．《陳風．月出》

月出皎兮，佼人僚兮，舒窈糾兮，勞心悄兮。
月出皓兮，佼人懰兮，舒懮受兮，勞心慅兮。
月出照兮，佼人燎兮，舒夭紹兮，勞心慘兮。

《詩．陳風．月出》

二．美人如月

金庸小說的一大特色是下筆細膩，不會冷落了要緊的人物，而且敘事還很有幽默感。段譽是《天龍八部》第一男主角，故事由他帶起，也由總結。金庸便經常在百忙中忽然間來個分岔筆，一寫「小段皇爺」的癡，這一段《月出》詩也是用了這個筆法：

烏老大一聲嘆息，突然身旁一人也是「唉」的一聲長嘆，悲涼之意，卻強得多了。眾人齊向嘆聲所發處望去，只見段譽雙手反背在後，仰天望月，長聲吟道：「月出皎兮，佼人僚兮，舒窈糾兮，勞心悄兮！」他吟的是《詩經》中《月出》之一章，意思說月光皎潔，美人娉婷，我心中愁思難舒，不由得憂心悄悄。四周大都是不學無術的武人，怎懂得他的詩云子曰？都向他怒目而視，怪他打斷烏老大的話頭。

王語嫣自是懂得他的本意，生怕表哥見怪，偷眼向慕容復一瞥，只見他全神貫注的凝視烏老大，全沒留意段譽吟詩，這才放心。

《天龍八部》第三十四回〈風驟緊、縹緲峰頭雲亂〉

這段文字安插在烏老大向眾人講述三十六島七十二洞怎生受天山童姥「欺壓荼毒」故事之中，甚為有趣，而且還不是小段皇爺在這個場合第一次無故吟詩。先前是王語嫣叫他罷鬥，忽然間唸了白居易《長恨歌》的兩句：「天長地久有時盡，此恨綿綿無絕期。」

這首《月出》是男子思念意中人的情詩，很適合這裡用。全詩共分三章，每章換五個字，反覆以月色比喻心上人的美態，並表達自己思念之苦。這種寫法是《詩經》中特色，近代許多流行曲的曲詞也常應用。因為多重覆，所以金庸只挑了第一章的四句，並翻成白話。

皎是皎潔，皓是明亮，照是光照，意義都相近。

佼人即是美人；僚與懰都是美好，燎則是明媚。

舒是發語詞，沒有意義，只用來湊夠四個字，金庸卻弄個「愁思難舒」來「安置」詩中的那個舒。

窈糾、懮受、夭紹都是窈窕之意，正好給段公子用來喋喋不休的讚美王姑娘。

悄和慅都是憂念，不及一個慘字那麼慘。

美人如月，可惜月光不為我照。

悄兮！

慅兮！

慘兮！

愴然涕下，謂我心憂？謂我何求？（《天龍八部》第三十四回）

一：《登幽州臺歌》與《王風・黍離》

前不見古人，後不見來者。念天地之悠悠，獨愴然而涕下。

陳子昂《登幽州臺歌》

彼黍離離，彼稷之苗。行邁靡靡，中心搖搖。知我者，謂我心憂；不知我者，謂我何求。悠悠蒼天，此何人哉！

彼黍離離，彼稷之穗。行邁靡靡，中心如醉。知我者，謂我心憂；不知我者，謂我何求。悠悠蒼天，此何人哉！

彼黍離離，彼稷之實，行邁靡靡，中心如噎。知我者，謂我心憂；不知我者，謂我何求。悠悠蒼天，此何人哉！

《詩・王風・黍離》

二：不起眼的詩句

金庸小說的讀者「品流複雜」，當中不少人非常用功，人家看小說隨讀隨忘，他們卻做筆記劄記、組織讀書小組等等，不一而足。

近年互聯網的應用日益普及，大家都把努力成果放在網上，其中一項是搜集金庸作品集中出現過的詩詞，卻總是遺漏了這兩首詩：

烏老大接過刀來，對段譽道：「這位段兄跟我們到底是友是敵？若是朋友，相互便當推心置腹，好讓在下將實情坦誠奉告。若是敵人，你武功雖高，說不得只好決一死戰了。」說著斜眼相視，神色凜然。

段譽為情所困，哪裡有烏老大半分的英雄氣概？垂頭喪氣的道：「我自己的煩惱多得不得了，推不開，解不了，怎有心緒去理會旁人閑事？我既不是你朋友，更不是你對頭。你們的事我幫不了忙，可也決不會來搗亂。唉，我是千古的傷心人，念天地之悠悠，獨愴然而涕下。知我者謂我心憂，不知我者謂我何求？江湖上的雞蟲得失，我段譽哪放在心上？」

不平道人見他瘋瘋癲癲，喃喃自語，但每說一兩句話，便偷眼去瞧王語嫣的顏色，當下已猜到了八九分，提高聲音向王語嫣道：「王姑娘，令表兄慕容公子已答應仗義援手，與我們共襄義舉，想必姑娘也是參與的了？」王語嫣道：「是啊，我表哥跟你們在一起，我自然也跟隨道長之後，以附驥末。」不平道人微笑道：「豈敢，豈敢！王姑娘太客氣了。」轉頭向段譽道：「慕容公子跟我們在一起，王姑娘也跟我們在一起。段公子，倘若你也肯參與，大伙兒自是十分感激。但如公子無意，就請自便如何？」說著右手一舉，作送客之狀。

烏老大道：「這個……這個……只怕不妥……」心中大大的不以為然，生怕段譽一走，便洩露了機密，手中緊緊握住鬼頭刀，只等段譽一邁步，便要上前阻攔。他卻不知王語嫣既然留下，便用十四馬來拖拉，也不能將段譽拖走了。

《天龍八部》第三十四回〈風驟緊、縹緲峰頭雲亂〉

就是「念天地之悠悠，獨愴然而涕下」與「知我者謂我心憂，不知我者謂我何求？」原詩都不是情詩，金庸又不點明出處，只安插在小段皇爺的長篇大論之中，讀者便容易走漏了眼。金庸用輕鬆幽默的筆法來寫段譽的言行和對王語嫣的神魂顛顛倒，就是這樣的充滿了喜劇感。

三：前無古人、後無來者

常用成語「前無古人、後無來者」脫胎自陳子昂這首詩的頭兩句，解作空前絕後，與詩意略有不同。

陳子昂有很高政治理想，可惜不為世用，這首《登幽州臺歌》就是表達詩人懷才不遇、知己難覓的感受。古往今來人才輩出，可惜自己生不逢時，古人已成過去，後人又未出生，只得一人登臺，獨自流淚。小段皇爺飽讀詩書，便用了後兩句來述懷，再加一句「千古傷心人」，來與陳詩相呼應。

四：思念故國

《黍離》是東周時代的作品，詩人去到舊京，見昔日宮室都長滿了黍稷，有感而作。詩分三章，每章的後半都是一字不改。

黍是玉米，稷是高粱，離離是繁盛的樣子，即如白居易的「離離原上草」。

靡靡是遲緩而沒精打采的模樣，正是小段皇爺當時的狀態。有人對王姑娘不利，他就生龍活虎的奮力救援，王姑娘不要他扶，他便「行邁靡靡」、垂頭喪氣。

搖是不定，噎是食物哽塞在喉、或是胸口悶得好像被甚麼塞住的。小段皇爺遠遠的跟著王姑娘是中心搖搖；小段皇爺背著王姑娘時，「軟玉在背，香澤微聞」是中心如醉；後來王姑娘叫站得老遠的表哥相扶，卻不叫身邊的段公子，大有見外之意，此時小段皇爺便中心如噎。

不平道人是「知我者」，看得出只有王姑娘留得住段公子；烏老大是「不知我者」，所以便不自量力竟然要向段公子動粗！

如果刪去原作的彼黍彼稷，倒似是為小段皇爺度身訂做！

沈香亭前芍藥開（《天龍八部》四十二回）

一：三首《清平調》

雲想衣裳花想容，春風拂檻露華濃。若非群玉山頭見，會向瑤臺月下逢。
一枝穠豔露凝香，雲雨巫山枉斷腸。借問漢宮誰得似，可憐飛燕倚新妝。
名花傾國兩相歡，長得君王帶笑看。解釋春風無限恨，沈香亭北倚闌干。

李白《清平調》三首

二：名花豔妃新樂詞

唐玄宗時宮中芍藥花開，皇帝老兒李隆基（六八五至七六二）與寵妃楊玉環（七一九至七五六）一起賞花。皇帝老兒沒叫錯，這老淫蟲比愛妃大了足足三十五歲。老淫蟲亦無叫錯，皆因能歌善舞的楊貴妃原本是皇帝老兒的兒子壽王李瑁的妃子，真可說是淫亂宮幃了。

老皇帝與愛妃賞花，命御前歌星李龜年獻唱助興，李龜年不是急智歌王，打算唱舊調了事，老皇帝說：「賞名花，對妃子，焉用舊樂詞？」便命人找來李白填詞，便是這三首清平調。

第一首以仙子比喻眼前名花和美人。見雲想到仙子天衣飄逸，見花想到仙子容貌，芍藥的濃香藏在露珠之中，春風輕吹才散發出來。眼前的該是歸西王母管的仙子吧！可能在群玉山或是臺等地方見過。

「群玉」在《笑傲江湖》出過，曲非煙言道：「群玉院是衡山城中首屈一指的大妓院。」恆山派小尼姑儀琳與她的令狐大哥，就在這群玉院中度過畢生難忘的一夜。

第二首回到人間，眼前一朵紅芍藥（穠豔又作紅豔），花香仍是給露珠凝住，定必美過巫山神女，如果有幸得見眼前美人，就知為思念夢中神女斷腸是太冤枉了！漢宮美人有誰可與名花比肩？西漢成帝的皇后趙飛燕剛化好了妝時算是有點似吧！

雲雨巫山，用宋玉《高唐賦》的典，講楚襄王遊高唐，晚上夢見巫山神女自動送上門幹那兒童不宜的成人節目。常用成語「神女有心、襄王無夢」亦是源出於此，「神女」又成為妓女的雅稱。可憐的憐，解作憐惜愛慕，不是惋惜憐憫。

第三首把老皇帝也寫進去。第二首用趙飛燕的典已經不妙（趙太后是自殺死的），這首還用了「傾國」，更是不祥。唐玄宗為了楊貴妃的緣故，重用其兄楊國忠，結果弄出了安史之亂，唐室由是中衰。今日帶笑看名花與妃子，那能想得到日後有馬嵬坡的慘事？

蔡志忠先生的《漫畫唐詩》將這裡的「解釋」解釋為「了解與明白」，那是解釋錯了！春風與恨意混在一起，有甚麼好解釋？解釋給誰聽？原來解是解開，釋是釋放，合起來即是消除。春天是萬物生發的日子，人在春風之下自然要思春了，無限恨事總由情生。唯有倚著欄干，一面聽曲，一面賞名花、對妃子，無限恨事都解釋得無影無蹤了。

三：人比花嬌

三首《清平調》共十二句，在《天龍八部》中只出過三句半，首先是段公子說王姑娘勝過芍藥：

那少女緩步走到青石凳前，輕輕巧巧的坐了下來，卻並不叫段譽也坐。段譽自不敢貿然坐在她的身旁，但見一株白茶和她相距甚近，兩株離得略遠，美人名花，當真相得益彰，嘆道：「『名花傾國兩相歡』，不及，不及。當年李太白以芍藥比喻楊貴妃之美，他若有福見到小姐，就知道花朵雖美，然而無嬌嗔，無軟語，無喜笑，無憂思，那是萬萬不及了。」

《天龍八部》第十二回〈從此醉〉

芍藥是古人贈遠行人的最佳禮物，又名將離，根可以入藥，即白芍與赤芍。芍藥形似牡丹，略遜牡丹；牡丹是花王，芍藥是花相。一人之下、萬人之上。段公子是大理人，自言重視己國的國花茶花，甚於中國花王牡丹。

所以王姑娘是「山茶朝露」，不是「解釋春風無限恨」的芍藥。

還有兩句另三字，是李傀儡所唱：

忽聽得山坡後有一個女子聲音嬌滴滴地唱道：「一枝穠艷露凝香，雲雨巫山枉斷腸。我乃楊貴妃是也，好酒啊好酒，奴家醉倒沈香亭畔也！」

《天龍八部》第四十二回〈老魔小醜　豈堪一擊　勝之不武〉

春溝水動茶花白，夏谷雲生荔枝紅（《天龍八部》第四十七回）

一：遊閩詩非關大理

蚤聽閩人說土風，此身常欲到閩中。
春溝水動茶花白，夏谷雲生荔子紅。
襟帶九江山不斷，梯航百粵海相通。
北窗夜展圖經看，手自題書寄遠公。

晁沖之《送惠純上人遊閩》

二：荔子即是荔枝

《天龍八部》第四十七回〈為誰開，茶花滿路〉寫大理段家「老狗」正淳、「小狗」和譽（老狗姘頭王夫人李青蘿語）各自攜眷南歸，王夫人沒想到「老狗念熟的字句，小狗也都記熟」。先是《滇中茶花記》：「大理茶花最甲海內，種類七十有二，大於牡丹，一望若火齊雲錦，爍日蒸霞。」然後有「春溝水動茶花白，夏谷雲生荔枝紅」和「青裙玉面如相識，九月茶花滿路開」兩組句子。

荔子是荔枝樹的果實，即是荔枝。在此小查詩人改易一字。諒是怕讀者會不明「荔子」是何物。

蚤即是早，現代兩字已分化，今人行文，凡「蚤」都是小蟲。梯航指水陸交通。

三：北宋二狗讀明書

晁沖之生卒年不詳，但可以從他的親屬和師友估量其生年。其族兄晁補之（一〇五三至一一一〇）是「蘇門四學士」之一，與蘇東坡甚有淵源；兒子晁公武（一一〇五至一一八〇）是目錄學家。晁沖之又師從陳師道（一〇五三至一一〇一），跟呂本中（一〇八四至一一四五）友好，生年似當在陳呂二人之間。為盡量讓小晁早出世，姑且假設他只比陳老師年輕十年，卻比呂朋友年長二十年，便約是公元一〇六三年生。但是段老狗唸這詩給阿蘿聽之時約為公平元一〇七三年前後，怕會趕不及。

這一回段小狗「補白」之日，陳與義是幼稚園生的年齡（潘按：見下文），段老狗唸詩之日，小陳還未出世。晁、陳兩位都是宋代詩人，與段家二狗算是同時代，老狗提早三四十年唸詩算可以接受吧。

《滇中茶花記》作者該是馮時可，此人生卒年不詳，是明穆宗（一五三七至五七二，一五六七至一五七二在位，神宗之父）隆慶年間的進士。「北宋二狗讀明書」，比「宋代才女唱元曲」更嚴重。

從藝術角度而言，小查詩人讓二狗熟記《滇中茶花記》，可以為人物情節增添色彩，實亦不必自行揭破。提出這些枯躁的背景資料，只是要說明許多意圖低貶金庸小說藝術成就之人，只會拾人牙慧說「宋代才女唱元曲」，家當未免太過寒酸，「失禮街坊」之至。

青裙玉面如相識，九月茶花滿路開（《天龍八部》第四十七回）

陳與義《初識茶花》

一：怎相識？

伊軋籃輿不受催，湖南秋色更佳哉。
青裙玉面初相識，九月茶花滿路開。

二：詠曼陀公主

《天龍八部》第四十七回〈為誰開，茶花滿路〉，寫大理國鎮南王段「老狗」正淳，與兒子段「小狗」和譽，各自攜「眷」南歸。小狗一路是明寫，帶了嫣妹、婉妹與靈妹；老狗一路是暗筆，帶了鳳凰兒、紅棉、阿星和親親寶寶，後來再加阿蘿。論人數老狗勝過小狗。

王夫人阿蘿讀書不多，以為世上那些與茶花有關的詩文，只得「段老狗」知曉：

咱們在各處各店、山莊中所懸字畫的缺字缺筆，你說那小狗全都填對了？我可不信，怎麼那老狗念熟的字句，小狗也都記熟在胸？當真便有這麼巧？

《天龍八部》第四十七回〈為誰開　茶花滿路〉

王夫人辱罵小段皇爺，先是「風流好色、放蕩無行的浪子」，然後是禽獸不如的色鬼、喪盡天良的浪子。這兩句詩，當然叫「段小狗浪子」想到「曼陀公主」嫣妹：

只見他又在那邊填上了缺字，口中低吟：「青裙玉面如相識，九月茶花滿路開。」一面搖頭擺腦的吟詩，一面斜眼瞧著王語嫣。王語嫣俏臉生霞，將頭轉了開去。

《天龍八部》第四十七回〈為誰開　茶花滿路〉

不過神仙姊姊初登場時穿的是「藕色紗衫」而非青裙，神仙姊姊的「玉面」則要移植過茶花之後才得「相識」。陳詩是「初相識」，這在「段小狗」不合用，因為他是先認識「玉像神姊姊」，然後才認識「真人版神仙姊姊」，真人既似玉像，見真人而聯想到玉像，便是「如相識」了。

回目的一問，答案為：「這茶花滿路是王夫人為段老狗而開。」

三：前人又唸後人詩

四十多年前，小查詩人被譏筆下「宋代才女唱元曲」，到二十一世紀，小查詩人才回應（見新三版《射鵰英雄傳》），比「君子報仇，十年未晚」還有耐性得多。

其實小查詩人筆下，多有前人唸誦後人的作品，像「宋代才女唱元曲」，第一個講還是人才，拾人牙慧的後來者則全都是蠢才。

段老狗、段小狗懂的詩句，可以說是出自陳與義（一〇九〇至一一三八）的手筆。所謂「可以說」，是因為十四個字中有一字不同。陳與義原作是「青裙玉面初相識」，詩題亦作〈初識茶花〉。《天龍八部》散場時，陳與義還是個小孩子，阿蘿與段老狗短暫的雙宿雙棲時，陳與義尚未出生。

小查詩人精於剪裁前人詩句，易「初」為「如」，更切合故事的人物情節。江湖上有人評小查詩人為人「老奸巨滑」，那是見仁見智。我不信小查詩人敢說段老狗吟的這兩句詩，不是陳與義的作品。

總之，小查詩人筆下，多有「前人唸誦後人句」的情節，翻來覆去抄「宋代才女唱元曲」，家當未免太過寒蠢了些。

兵者是凶器（《天龍八部》第五十回）

一：戰匈奴詩

去年戰桑乾源，今年戰蔥河道。洗兵條支海上波，放馬天山雪中草。
萬里長征戰，三軍盡衰老。匈奴以殺戮為耕作，古來唯見白骨黃沙田。
秦家築城避胡處，漢家還有烽火然。烽火然不息，征戰無已時。
野戰格鬥死，敗馬號鳴向天悲。烏鳶啄人腸，銜飛上挂枯樹枝。
士卒塗草莽，將軍空爾為。乃知兵者是凶器，聖人不得已而用之。

李白《戰城南》

亡我祁連山，使我六畜不蕃息。
亡我焉支山，使我婦女無顏色。

佚名

二：胡漢不同角度

《天龍八部》最終回，寫遼國大軍追趕各地合力營救蕭峰的江湖豪客。段譽聽了大哥與少林高僧的對話，便詩興大發，吟誦李白詩：

段譽……吟道：「烽火燃不息，征戰無已時。野戰格斗鬥，敗馬號鳴向天悲。烏鳶啄人腸，沖飛上掛枯枝樹。士卒塗草莽，將軍空爾為。乃知兵者是凶器，聖人不得已而用之。」蕭峰讚道：「乃知兵者是凶器，聖人不得已而用之。賢弟，你作得好詩。」段譽道：「這不是我作的，是唐朝大詩人李白的詩篇。」

蕭峰道：「我在此地之時，常聽族人唱一首歌。」當即高聲而唱：「亡我祁連山，使我六畜不蕃息。亡我焉支山，使我婦女無顏色。」他中氣充沛，歌聲遠遠傳了出去，但歌中充滿了哀傷淒涼之意。

《天龍八部》第五十回〈教單于折箭　六軍辟易　奮英雄怒〉

蕭大王喬幫主讚歎的兩句，雖是李詩仙的詩句，原來的哲思卻出自《老子》：「兵者不祥之器，非君子之器，不得已而用之……」他老人家（年紀三旬以外不算大，但是幫中的低輩幫眾都以「老人家」敬稱）唱的，出自唐代張守節（生卒年不詳）《史記正義》所引：「《西河故事》云：『匈奴失祁連、焉支二山，乃歌曰：「亡我祁連山，使我六畜不蕃息；失我焉支山，使我婦女無顏色。」』其愍惜乃如此。」

祈連山是很大的一座山脈，其地橫跨今日甘肅與青海兩省。焉支山也在今天甘肅省境內。漢武帝時，名將霍去病於祈連山、焉支山大破匈奴，此歌內容即是指此。

國防每為一國立國之本，能戰然後能和，漢逐匈奴，遂得長治久安，不過對於匈奴來說，戰敗意味著巨大經濟損失（六畜不蕃息）和族人不安（婦女無顏色）。

第七章　《笑傲江湖》詩詞巡禮

邱長春「評」盈盈的琴、情哥的劍（《笑傲江湖》第一冊）

一：〈青天歌〉

青天莫起浮雲障，雲起青天遮萬象。萬象森羅鎮百邪，光明不顯邪魔王。
我初開廓天地清，萬戶千門歌太平。有時一片黑雲起，九竅百骸俱不寧。
是以長教慧風烈，三界十方飄蕩徹。雲散虛空體自真，自然現出家家月。
月下方堪把笛吹，一聲響亮鎮華夷。驚起東方玉童子，倒騎白鹿如星馳。
逡巡別轉一般樂，也非笙兮也非角。三尺雲璈十二徽，歷劫年中混元斲。
玉韻琅琅絕鄭音，雅清偏貫達人心。我從一得鬼神輔，入地上天超古今，
縱橫自在無拘束，心不貪榮身不辱。同唱壺中白雪歌，靜調世外陽春曲。
我家此曲皆自然，管無孔兮琴無弦。得來驚覺浮生夢，晝夜清音滿洞天。

丘處機〈青天歌〉

二：徐渭的長草

拙作《笑傲江湖》第一冊選用徐渭的《梅花》作封面，又選了他所寫的〈青天歌〉部份作插圖，《解析笑傲江湖》有論述。

金庸引了〈青天歌〉中「三尺雲璈十二徽」以後各句，並強作解人，解說他自己筆下《笑傲江湖》的境界：

首四句似說盈盈之琴，次四句似說令狐沖之劍。此後六句似說令狐沖、盈盈二人琴簫和諧、歸隱世外之樂。」

《笑傲江湖》

一似、再似、三似，把活在金朝的長春真人丘處機的《青天歌》挪過來，給明代的令狐大俠伉儷用，真是天衣無縫，匠心獨運！不過徐渭是明代人，也可以說是徐渭借長春真人的歌來詠沖盈二人。但是這部份不屬於金庸小說的正文，只有當中「縱橫自在無拘束，心不貪榮身不辱」兩句是邱處機在《射雕英雄傳》中曾經唸過，所以這首《青天歌》其實只有兩句真正算是在金庸小說出現過。

三：道家的修練

丘真人的原作是講全真教的修練。

修練時障礙好比黑色的浮雲，影響及練者的九竅和百骸。幸得長教祖師的教導，依法修練，邪魔鎮伏而不顯，如月出雲消。以後講的其實是作者修練有進境的心得，與大自然契合，如得鬼神之輔，可以超越時（超古今）空（入地上天）。那種得大自在的境界，有如《陽春白雪》之曲，並非尋常凡俗所能心領神會。

三界是佛家語，指欲界，色界，無色界，是生死往來的世界。

十方亦是佛家語，指東、西、南、北、東南、西南、東北、西北、上、下為十方。《天龍八部》丐幫的全冠清外號「十方秀才」，也是用這個典。

這裡的星馳與紅星周星馳無關，據其母所稱，是用了王勃〈滕王閣序〉的典：「雄州並列，俊彩星馳。」

金庸筆下的道士講「星馳」，則有《倚天屠龍記》青海三劍使「五行劍陣」卻訛稱為「三才劍陣」的口訣：「三才劍陣天地人，電逐星馳出玉真。」

天上的星星其實不會如駿馬那樣奔馳，要用上一年的時間，才可以繞著北極星轉一圈。

論酒杯詩之一（《笑傲江湖》第十四回）

一：蘭陵美酒鬱金香

蘭陵美酒鬱金香，玉碗盛來琥珀光。
但使主人能醉客，不知何處是他鄉。

李白《客中行》

二：詩中意

原詩可以顧名思義，李白此身作客，喝了主人的蘭陵美酒，自該賦詩答謝。此酒能醉人，一醉可解千愁，正好暫時忘卻作客他鄉之苦。

此蘭陵與《卅三劍客圖》的蘭陵老人無關，蘭陵老人曾經住在長安蘭陵里，故借地名以稱人。蘭陵老人有點內力，能挨打，耳目卻不甚聰明，被人跟隨也懵然無知。

蘭陵美酒又稱曲阿酒，在今江蘇武進縣奔牛鎮所產，味甘性緩。即是帶有甜味而不是烈酒。古蘭陵在山東嶧縣，東晉南渡，北方貴人多在南方置僑州僑縣，是為另類殖民，於是在今武進縣另置南蘭陵郡。

鬱金屬薑科植物，由古罽賓國傳入，其地橫跨今日的阿富汗和喀什米爾（印度與巴基斯坦兩國於此地有主權爭議）。鬱金的根可以入藥，功能活血止痛、行氣解鬱、清心涼血、疏肝利膽，是中醫常用的理血要藥。

鬱金香卻是名花，屬百合科，原產土耳其。公元一六三三年至一六三七年荷蘭發生了有名的「鬱金香狂熱」（Tulip Mania），差不多所有荷蘭人都加入投機炒賣狂熱，結果導致許多人傾家。

詩人說的理血藥鬱金那白色小花的香，還是花作鐘型、色彩多樣、日後令不少荷蘭人焦頭爛額的鬱金香呢？

琥珀兩字皆從玉旁，當然是玉石類，琥珀是常用作裝飾，喜歡收藏珠寶的女士自然熟悉。

三：汾酒配玉杯

《笑傲江湖》有祖千秋偷了老頭子為女兒老不死配製的補藥跑去騙令狐沖服用，以飲酒為名。用玉杯飲汾酒，於是就引了李白這首《客中行》的第二句「玉琬盛來琥珀光」。

論酒杯詩之二（《笑傲江湖》第十四回）

一：葡萄美酒夜光杯、笑談渴飲匈奴血

葡萄美酒夜光杯，欲飲琵琶馬上催。醉臥沙場君莫笑，古來征戰幾人回。

王翰《涼州詞》

怒髮衝冠，憑欄處，瀟瀟雨歇。抬望眼，仰天長嘯，壯懷激烈。三十功名塵與土，八千里路雲和月。莫等閒，白了少年頭，空悲切。
靖康恥，猶未雪。臣子恨，何時滅。駕長車，踏破賀蘭山缺，壯志飢餐胡虜肉，笑談渴飲匈奴血。待從頭，收拾舊山河，朝天闕。

岳飛《滿江紅》

二：《涼州詞》二首，灑脫是虛、鄉愁是實

王翰的《涼州詞》二首，以這第一首最為聞名，一般唐詩選集必收。第二首是：

秦中花鳥已應闌，塞外風沙猶自寒。

夜聽胡笳折楊柳，教人意氣憶長安。

古人旅行不便，盛唐之世窮兵黷武，對外交通發達，詩人便多遠赴塞外的經歷，成就邊塞詩一派。涼州的範圍，大略是今日甘肅省一帶，王翰第一首《涼州詞》的詩意是滿不在乎的，軍人不應醉酒，以免誤了軍機，詩人卻說古來征戰幾人回，好像以生命來開玩笑，實則是從另一個角度說明戰爭的禍害。第二首卻是一遍鄉愁，眼前是塞外風沙寒冷，心中所念卻是京城長安的花鳥，不及第一首來得灑脫。然而第一首的灑脫是虛，第二首的鄉愁才是實。

岳飛的《滿江紅》，當是中國讀書人必讀，這裡不必多介紹了。

三：葡萄紅酒配夜光杯

葡萄酒因釀法不同，有紅酒和白酒之別。酒紅如血，方可配得上夜光杯。所以祖千秋便引了《涼州詞》的「葡萄美酒夜光杯，欲飲琵琶馬上催」和《滿江紅》的「壯志飢餐胡虜肉，笑談渴飲匈奴血」來佐酒。

後來令狐沖在梅莊品嘗丹青生的四蒸四釀西域葡萄酒，時在盛暑而有了黑白子造的冰來冰鎮，可惜卻少了夜光杯，也不是在晚上喝，實在是天大的缺憾！

最後，那酒竟變成了禿筆翁的墨，更是暴殄天物了！

論酒杯詩之三（《笑傲江湖》第十四回）

一：青旗沽酒趁梨花

望海樓明照曙霞，護江堤白蹋晴沙。濤聲夜入伍員廟，柳色春藏蘇小家。
紅袖織綾誇柿蔕，青旗沽酒趁梨花。誰開湖寺西南路，草綠裙腰一道斜。

白居易《杭州春望》

二：詩中意

白居易的這首《杭州春望》純屬寫境記遊，望海樓在杭州城東。伍員字子胥，春秋名將，本來是楚國人，因楚王殺了他父兄，東奔於吳，輔助吳王闔閭伐楚。《鹿鼎記》中有韋小寶用伍員「蘆中窮士」的典來戲弄施琅。蘇小小是錢塘名妓，南齊時的一位常被省稱蘇小；另一位是南宋人。白居易是唐人，他說的當然是前一位。

紅袖即是美女，古代男耕女織，這位紅袖當然要懂得織綾。賣酒的美女，千古以當罏紅袖卓文君最出名。柿蒂是宿萼，開花結果之後，花萼便成了果實的蒂，柿蒂可以入藥，功能降氣止呃，是治呃逆要藥。錢塘習俗趁梨花時節釀酒，稱為梨花春，所以當罏紅袖在青旗下沽酒便要趁梨花。孤山寺在湖中小洲，春天時草綠，遠望如綠衫女子的裙。

梨花是小龍女的標誌，因金庸借了丘處機的詞來詠小龍女。

綠衫卻令人想起阿珂，他老爸是李自成，應當姓李，是李阿珂。她原本是大清鹿鼎公韋小寶的元配夫人，世紀新三版把她降為側室。

三：翡翠杯配梨花酒

祖千秋說道：

飲這壇梨花酒呢?那該當用翡翠杯。白樂天杭州春望詩云：「紅袖織綾誇柿葉，青旗沽酒趁梨花。」你想，杭州酒家賣這梨花酒，掛的是滴翠也似的青旗，映得那梨花酒分外精神，飲這梨花酒，自然也當是翡翠杯了。

金庸將柿蒂說成柿葉，是記錯了還是故意？柿蒂能止呃逆，柿葉卻不能。是不是認為蒂配不上花？便以葉瓜代？需知蒂本是蕚，花瓣未怒放吐艷之前全憑花蕚保護，若是故意改，難免要受忘本之譏。

禿筆翁寫《贈裴將軍》（《笑傲江湖》第十九回）

一：贈裴將軍

大君制六合，猛將清九垓。
戰馬若龍虎，騰陵何壯哉。
將軍臨八荒，烜赫耀英材。
劍舞若遊電，隨風縈且回。
登高望天山，白雲正崔巍。
入陣破驕虜，威名雄震雷。
一射百馬倒，再射萬夫開。
匈奴不敢敵，相呼歸去來。
功成報天子，可以畫麟臺。

顏真卿〈贈裴將軍〉

二：以詩句入武功

《笑傲江湖》第十九回〈打賭〉，寫令狐冲於杭州梅莊先後打敗管家丁堅、四莊主丹青生、三莊主禿筆翁與二莊主黑白子。

其中禿筆翁的「裴將軍詩筆法」共二十三字，禿頭老三一上場就唸給對手聽：「裴將軍！大君制六合，猛將清九垓。戰馬若龍虎，騰陵何壯哉。」以書法融入武功招式，除了禿頭老三之外，還有《神鵰俠侶》的朱子柳與《倚天屠龍記》的張三丰、張翠山師徒。

任我行對禿頭老三可不客氣，評他的「判官筆法本來相當可觀」，但「一手字寫得三歲小孩子一般，偏生要附庸風雅，武功之中居然自稱包含了書法名家的筆意。」還說：「臨敵過招，那是生死繫於一線的大事。」「除非對方武功跟你差得太遠，你才能將他玩弄戲耍。但若武功相若，你再用判官筆來寫字，那是將自己的性命雙手獻給敵人了。」等於連前代的朱子柳與張老道師徒都罵了進去。朱子柳的武功原本遠勝霍都，賣弄亦無不可，只是最後棋差一著，吃了大虧。張三丰、張翠山則無意賣弄書法。禿頭老三才是真正將性命獻給敵人。

令狐冲化名為風二中，以獨孤九劍逼得禿筆翁每一招只使得一半，也就是「裴將軍詩」每個字也只寫得一半。結果禿頭老三唯有不比武，打翻老四的四蒸四釀葡萄酒，以酒代墨，將那二十三字寫於壁上。

「六合」是上下四方。「九垓」是中央和八極之地，比喻天下全國之地。

三：詩、劍、書三絕

小查詩人註云：「裴將軍名旻，善舞劍，當時號稱李白詩歌、裴旻劍舞、張旭草書為唐代『三絕』。」

原詩為唐代大書法家顏真卿的《贈裴將軍》，原詩比禿頭老三的筆法長得多。李白、裴旻、張旭、顏真卿等人均活在盛唐之世，當時唐室武功鼎盛，大力拓展西北，所以講武的詩句，便開口閉口都說「打到天山」。但是戰場上劍不如箭，劍舞如電只是好看，卻不及萬箭齊發的威力，那才是打敗「匈奴」（泛指北方遊牧民族）騎兵的利器。「一射百馬倒」，則連「射鵰英雄」、大俠郭靖也辦不來，要有手挽強弓的弓兵隊才做得到。

「麟臺」在此泛指繪有功臣畫像的樓閣。帥師破虜，回報天子，當然可以入得麟臺。

泰山派絕學「岱宗如何」（《笑傲江湖》第三十三回）

一：嶽宗泰岱

岱宗夫如何，齊魯青未了。
造化鍾神秀，陰陽割昏曉。
盪胸生層雲，決眥入歸鳥。
會當凌絕頂，一覽群山小。

杜甫《望岱》

東嶽泰山，古名岱宗，向有「天下名山第一」、「五嶽之首」的美譽。泰山在今山東省，是齊魯文化的中心所在；又是古帝皇封禪之地，封是祭天、禪是祭地。《千字文》有謂：「嶽宗泰岱，禪主云亭。」

泰山雖然是五嶽之首，「小查詩人」卻重華輕泰，有兩部小說的主角都是華山派弟子，即

《碧血劍》的袁承志和《笑傲江湖》的令狐沖。而五嶽之中，亦以華山最高，泰山只居中游。北嶽恆山第二，中嶽嵩山第四，南嶽衡山最矮。

遍觀金庸小說，只《笑傲江湖》有泰山、嵩山、恆山、衡山各派，跟華山派的戲份不成比例。

二：會當凌絕頂，一覽群山小！

杜大詩人這首五律，實以後兩句最為人所知。

「小查詩人」最擅長「就名取材」，筆下任何以名山命名的門派，都以該山的故事來設計招式名稱。

如南嶽衡山有七十二峰，金庸取了五峰之名，弄個「一招包一路」的劍招。即是「泉鳴芙蓉」、「鶴翔紫蓋」、「石廩書聲」、「天柱雲氣」和「雁回祝融」。

不過「小查詩人」的說法其實不甚靠譜：

玉音幾在三十餘年前，曾聽師父說過這一招「岱宗如何」的要旨，這一招可算得是泰山派劍法中最高深的絕藝，要旨不在右手劍招，而在左手的算數。左手不住屈指計算，算的是敵人所處方位、武功門派、身形長短、兵刃大小，以及日光所照高低等等，計算極為繁復，一經算準，挺劍擊出，無不中的。當時玉音幾心想，要在頃刻之間，將這種種數目盡皆算得清清楚楚，自知無此本領，其時並未深研，聽過便罷。他師父對此術其實也未精通，只說：「這一招『岱宗如何』使起來太過艱難，似乎不切實用，實則威力無儔。你既無心詳參，那是與此招無緣，也只好算了。你的幾個師兄弟都不及你細心，他們更不能練。可惜本派這一招博大精深、世無其匹的劍招，從此便要失傳了。」玉音幾見師父並未勉強自己苦練苦算，暗自欣喜，此後在泰山派中也從未見人練過，不料事隔數十年，竟見岳靈珊這樣一個年輕少婦使了出來，霎時之間，額頭上出了一片汗珠。

《笑傲江湖》第三十三回〈比劍〉

我們小時候學算術，一般都是由筆算入手，心算恐怕限於簡單的《九因歌》（即所謂「乘數表」）。有些學校推廣珠算，讓小孩從小就所用算盤。小時候見過先父用珠算，先父日常工作繁忙，甚少理會我們兄弟姊妹的學習，也就從來沒有要求我們學珠算。曾經在電視節目見過有珠算嫻熟的小孩表現「珠心算」，只見那娃娃閉了雙目，舉手虛空彈撥不存在的算珠，很快就準確計算出複雜的算術題。還有見過珠算與坐檯式小型電子計算機比併四則運算，也是由珠算勝出，我想勝負的關鍵在於輸入數據的快慢。

如此看來，「小查詩人」設計泰山派這招「岱宗如何」，就有點似那小娃娃虛空撥弄算珠的辦法。

不過心念如電，既是用虛的算珠，那麼在腦海中撥珠豈不是比用手撥還再快了些？會不會這「岱宗如何」到了最高境界，連左手屈指計算也不必？此所以我說「小查」這個設計還是有點兒不靠譜。

就如「六脈神劍」之為「天下第一劍」，就是厲害在用手指決定出劍的方向和角度，比真劍更難以捉摸！

附錄一：《妙法蓮華經・觀世音菩薩普門品第二十五》（節錄）

世尊妙相具，我今重問彼，佛子何因緣，名為觀世音。
具足妙相尊，偈答無盡意。汝聽觀音行，善應諸方所，
宏誓深如海，歷劫不思議，侍多千億佛，發大清淨願。
我為汝略說，聞名及見身，心念不空過，能滅諸有苦。
假使興害意，推落大火坑，念彼觀音力，火坑變成池。
或漂流巨海，龍魚諸鬼難，念彼觀音力，波浪不能沒。
或在須彌峰、為人所推墮，念彼觀音力，如日虛空住。
或被惡人逐，墮落金剛山，念彼觀音力，不能損一毛。
或值怨賊繞，各執刀加害，念彼觀音力，咸即起慈心。
或遭王難苦，臨刑欲壽終，念彼觀音力，刀尋段段壞。
或囚禁枷鎖，手足被杻械，念彼觀音力，釋然得解脫。
咒詛諸毒藥、所欲害身者，念彼觀音力，還著於本人。

或遇惡羅剎、毒龍諸鬼等，念彼觀音力，時悉不敢害。
若惡獸圍繞，利牙爪可怖，念彼觀音力，疾走無邊方。
蚖蛇及蝮蠍，氣毒煙火燃，念彼觀音力，尋聲自回去。
雲雷鼓掣電，降雹澍大雨，念彼觀音力，應時得消散。
眾生被困厄，無量苦逼身，觀音妙智力，能救世間苦。
具足神通力，廣修智方便，十方諸國土，無剎不現身。
種種諸惡趣，地獄鬼畜生，生老病死苦，以漸悉令滅。
真觀清淨觀，廣大智慧觀，悲觀及慈觀，常願常瞻仰。
無垢清淨光、慧日破諸闇，能伏災風火，普明照世間。
悲體戒雷震，慈意妙大雲，澍甘露法雨，滅除煩惱焰。
諍訟經官處，怖畏軍陣中，念彼觀音力，眾怨悉退散。
妙音觀世音、梵音海潮音，勝彼世間音，是故須常念，
念念勿生疑。觀世音淨聖，於苦惱死厄、能為作依怙。
具一切功德，慈眼視眾生，福聚海無量，是故應頂禮。

後記：

《笑傲江湖》故事多次出現恆山派小尼姑儀琳，在見到華山派令狐沖令狐大哥重傷時，誠心念誦五言偈頌，此偈頌即出自《妙法蓮華經．觀世音菩薩普門品第二十五》。

《妙法蓮華經》簡稱《法華經》（此「華」讀如「花」），是佛陀釋迦牟尼晚年所說的教法，說明所有眾生皆可成佛。經名以蓮花（蓮華）出淤泥而不染，以比喻佛法的潔白、清淨。漢藏版本以鳩摩羅什（三四四至四一三）譯本最為通行，共分七卷二十八品，約六萬九千字。

附錄二：三國新三角

前言：

《天龍八部》逍遙派絕技「凌波微步」取名於曹植《洛神賦》，世傳曹植與嫂嫂甄宓（曹丕之妻），據三人年齡差距，這段三角戀不大可能。而且甄宓本為袁紹中子袁熙之妻，當中還有故事！時光快逝，原來下文發表已十多年！

三國新三角

國事分明屬灌均，西陵魂斷夜來人。君王不得為天子，半為當時賦洛神。

李商隱《東阿王》

中國古代用干支紀年，推算不便。近世中西文化交流，耶元國際通用，對於我們讀史者甚為方便。許多時一些史事的真偽，可以單憑工具書上的歷代年表查證便可以一錘定音。

東阿王即是號稱三國第一才子的曹植，不過三曹（操、丕、植）父子兄弟各有千秋，未見得曹植定是魁首。魏明帝曹叡太和三年（二二九），曹植這個落難皇叔給徙封為東阿王，六年改封陳王，不久時薨逝，諡思，世稱陳思王。

詩中的灌均於曹丕在位是任監國謁者，是專門負責監視宗室王侯的特務頭子、秘密警察。後兩句則是將曹丕、曹植與甄氏的三角戀愛故事說成是曹植不得為天子的重要原因（半為，未是全為）。

後代文人將《洛神賦》當成曹植思念「愛人」嫂嫂的情賦，鋪演成感人肺腑的三角戀愛悲情戲曲，不過若把三位主角的生卒年一排出來，難免要大煞風景！甄氏（一八二—二二一）年最長，生於漢靈帝光和五年；魏文帝曹丕（一八七—二二六）比甄氏年輕五年；陳思王曹植（一九二—二三二）又比兄長年輕五年，即是比「宓姐」年輕十年！

「姊弟戀」不是不可以，但是還得要看兩兄弟在甚麼時候「爭風呷醋」。

建安九年（二〇四）曹操大軍攻陷鄴城，曹丕捷足先登，搶先納了甄氏，就是《三國演義》裡面〈曹丕乘亂納甄氏〉的情節。這一年，《洛神》劇三位主角的虛歲分別是二十三、十八、十三。第一才子以虛齡十三參加這場三角之爭，未免少年早熟過甚，因為在哥哥未得美人之前，兄弟倆總該角逐三年兩載，這齣戲才有戲味。所以這個三角關係並不成立。

若要以甄氏這位佳人來做三角中的女主角，則男角除了曹丕之外，另有兩個人選，卻輪不到曹植。一個是比曹丕更好色的曹操，另一個自然是甄氏的前夫、袁紹的中子袁熙。現時流行的《洛神》劇，似乎總是把袁熙這個角色刪去。袁熙協助弟弟袁尚與兄長袁譚爭奪老爸留下來的地盤，建安十二年就沒戲唱了。袁熙、袁尚給公孫康生擒，坐在冷冰冰的地上，袁尚問公孫康取席（蓆），袁熙說：「頭顱方行萬里，何席之為？」似乎比袁尚優秀得多。

如果要再開拍《洛神》劇集，最好以曹丕、甄氏和袁熙為主角，那就更符合史實，至於甄氏未嫁之前袁曹爭甄，還可以用建安以前、曹袁兩家仍是盟友時的亂局為背景。

而更精采的是曹叡的來歷，《三國志》寫明他年三十六崩，卒年是二三九，生年便是建安九年！這一年八月鄴城陷落，曹丕不可能趕得及藍田種玉，「此子何來問句妻」？奪得絕色佳人，奉送腹中塊肉。這筆賬盧弼的《三國志集解》算得很清楚，難怪曹丕臨死前才立曹叡為太子，這個聰明的「敗家仔」比「便宜爸爸」還短命，日後托孤於司馬懿，間接斷送曹魏江山，一報還一報。曹丕強奪世交袁熙之妻，斯文掃地，孔融以「武王伐紂，以妲己賜周公」來譏刺曹操失德失教。

人橋已有，餘下來的就要靠編劇家加磚添瓦了。

原載香港《文匯報》〈琴台客聚〉二〇〇六年五月十二日